Nachdem Joseph aus dem Brunnen, in den seine eifersüchtigen Brüder ihn geworfen hatten, befreit und nach Ägypten in die Fremde gebracht wurde, tritt er im Hause Potiphars (Petepré) seine Sklavendienste an. Mit seiner Schönheit, seiner Klugheit und sprachlichen Gewandtheit gewinnt Joseph (Osarsiph) Potiphars Gunst, bald schon wird er zu dessen persönlichem Diener und Vorleser. Mut-em-enet, Potiphars Gattin, verliebt sich in den jungen Sklaven; die Damen, denen sie ihren Jüngling während einer Gesellschaft vorführt, sind geblendet von seiner Schönheit und verlieren die Fassung. Thomas Manns Roman »Joseph in Ägypten« ist der dritte Band der Tetralogie »Joseph und seine Brüder« und erschien 1936 im Bermann-Fischer Verlag, in Wien.

Thomas Mann wurde 1875 in Lübeck geboren und wohnte seit 1893 in München. 1933 verließ er Deutschland und lebte zuerst in der Schweiz am Zürichsee, dann in den Vereinigten Staaten, wo er 1939 eine Professur an der Universität in Princeton annahm. Später hatte er seinen Wohnsitz in Kalifornien, danach wieder in der Schweiz. Er starb in Zürich am 12. August 1955.

Unsere Adresse im Internet: www.fischerverlage.de

Thomas Mann

Die Damengesellschaft

und andere Episoden aus ›Joseph in Ägypten‹

Fischer Taschenbuch Verlag

Textgrundlage dieses Bandes:
Thomas Mann, ›Joseph in Ägypten‹, Wien 1936,
S. 128–137, 273–298, 306–322, 428–444 u. 670-693.

Veröffentlicht im Fischer Taschenbuch Verlag,
einem Unternehmen der S. Fischer Verlag GmbH,
Frankfurt am Main, Mai 2004

Lizenzausgabe mit Genehmigung
der S. Fischer Verlags GmbH, Frankfurt am Main

Satz: Fotosatz Otto Gutfreund GmbH, Darmstadt
Druck und Bindung: Clausen & Bosse, Leck
Printed in Germany
ISBN 3-596-15949-0

Inhalt

Stromfahrt

»Glänzend durch Schnelligkeit« hieß das Schiff, das die Ismaeliter am Platze der Anpflockung mit ihren Tieren über eine Laufplanke beschritten, nachdem sie sich in den Handelsbuden, die hier aufgeschlagen waren, mit Mundvorrat für neun Tage versehen hatten. Dies war sein Name, der zu beiden Seiten seines mit dem Kopfe einer Gans geschmückten Vorderteils geschrieben stand, – ein von dem Prahlsinn Ägyptenlandes geprägter Name, denn es war der plumpste Lastkahn, der überhaupt an Menfe's Pflockplatz zu finden war, sehr bauchig gebaut, damit er mehr Laderaum gewänne, mit hölzernen Bordgittern, einer Kajüte, die nur aus einem gewölbten, vorne offenen Mattenzelt bestand, und einem einzigen, aber sehr schweren Steuerruder, das steil an einem am Hinterteil aufgerichteten Pfahl befestigt war.

Der Bootsherr hieß Thot-nofer, ein Mann aus dem Norden, mit Ohrringen und weißem Haar auf Kopf und Brust, dessen Bekanntschaft der Alte in der Herberge gemacht hatte und mit dem er wegen eines billigen Fahrgeldes einig geworden war. Thot-nofers Schiff hatte Bauholz, je einen Posten Königsleinen und gemeines Leinen, Papyrus, Rindshäute, Schiffstaue, zwanzig Sack Linsen und dreißig Faß Dörrfisch geladen. Außerdem hatte »Glänzend durch Schnelligkeit« die Bildnisstatue eines reichen Bürgers von Theben an Bord, die ganz vorn an der Spitze in einer Umhüllung aus Latten und Sackleinen stand. Sie war für das »Gute Haus«, das hieß: das Grab des Auftraggebers im Westen des Stromes, bestimmt, wo sie, aus einer Scheintür tretend, ihre, des Bewohners, ewige Habe und die gemalten Darstellungen seines gewohnten Lebens an den Wänden betrachten sollte. Die Augen, mit denen sie das tun würde, waren ihr noch nicht eingesetzt, sie war auch noch nicht mit den Farben des Lebens getönt, und es fehlte der Stock, der durch die Faust gehen sollte, die sie neben der schräg vorstehenden Vorderfläche ihres Schurzes ausstreckte. Aber ihr Vorbild hatte Wert darauf gelegt, daß sein Doppelkinn und seine dicken Beine wenigstens im Rohen unter den Augen Ptachs und von der Hand seiner Künstler ausgeführt würden; das Letzte mochte dann in einer Werkstatt der Totenstadt Thebens daran geschehen.

Um Mittag täuten die Bootsleute das Schiff vom Pflocke los und zogen das braune, geflickte Segel auf, das sich sofort mit dem kräftig von

Norden gehenden Winde füllte. Der Steuermann, auf der hintern Schnabelschräge des Schiffes sitzend, fing an, mit dem herabhängenden Hebelholz das Ruder zu bewegen, ein Mann prüfte vom vorderen Ganskopf mit einer Stange das Fahrwasser, während Thot-nofer, der Schiffsherr, um die Götter einer glücklichen Fahrt günstig zu stimmen, vor der Kajüte einiges von dem Harze verbrannte, das die Ismaeliter in Zahlung gegeben; und so trieb die Barke, die Joseph trug, vorn und hinten hoch aufgeschwungen und nur mit der Mitte des Kiels das Wasser schneidend, auf den Strom hinaus, wobei der Alte, der mit den Seinen auf dem hinter der Kajüte gestapelten Bauholz saß, sich in Betrachtungen über die Weisheit des Lebens erging, in welchem fast immer die Vorteile und Nachteile dergestalt einander ausglichen und aufhöben, daß die mittlere Vollkommenheit eines Nichtallzugut und Nichtallzuschlecht sich herstelle. So denn fahre man jetzt stromauf, dem Wasser entgegen, dafür aber stehe der Wind von Norden, wie er's fast immer tue, und drücke hilfreich ins Segel, so daß Hemmung und Antrieb sich zu maßvollem Fortschritt ergänzten. Gehe es aber stromab, so sei das zwar lustig, weil man sich treiben lassen könne: nur daß dabei gar leicht die Bewegung verwildere, das

Schiff sich quer lege und man zu ermüdender Ruder- und Steuertätigkeit angehalten sei, damit es nicht drunter und drüber gehe mit solcher Fahrt. So würden immer des Lebens Vorteile durch Nachteile eingedämmt und die Nachteile durch Vorteile wettgemacht, also daß rein rechnerisch das Ergebnis null und nichts sei, praktisch aber die Weisheit des Ausgleichs und der mittleren Vollkommenheit, angesichts deren weder Jubel noch Fluch am Platze sei, sondern Zufriedenheit. Denn das Vollkommene bestehe nicht in der einseitigen Häufung der Vorteile, wobei andererseits durch lauter Nachteile das Leben unmöglich würde. Sondern es bestehe in der beiderseitigen Aufhebung von Vorteil und Nachteil zum Nichts, das da heiße Zufriedenheit.

So der Alte mit aufgehobenem Finger und schiefem Kopf, und gelösten Mundes hörten die Seinen ihm zu, tauschten auch störrig-beschämte Blicke untereinander dabei, wie gewöhnliche Leute es machen, denen man Höheres bietet, und hätten es lieber nicht anhören müssen. Aber auch Joseph achtete schlecht auf des Alten Abgezogenheiten, denn ihn freute die neue Erfahrung der Wasserfahrt, der frische Wind, das melodische Glucksen der Wellen am Buge, das sanft schaukelnde Hingleiten auf dem geräumigen Strom, dessen Flut ihnen glitzernd entgegensprang, wie einst dem Eliezer die Erde entgegengesprungen war auf seiner Reise. Immer wechselten die heiteren, fruchtbaren und heiligen Bilder der Ufer; Säulenhallen säumten sie häufig, und zuweilen waren das Haine von Palmen, die sie geleiteten, ebenso oft aber steinerne Gänge aus Menschenhand, zu den Tempeln der Städte gehörig. Dörfer zogen vorbei mit hohen Taubenschlägen, grünendes Fruchtland und wieder bunte städtische Pracht mit goldblitzenden Sonnennadeln, bewimpelten Toren und Paaren von Riesen, welche, die Hände auf ihren Knien, am Ufer saßen und in erhabener Starre über Strom und Land hin ins Wüste blickten. Nahe war das alles zuzeiten und dann wieder weit entrückt, – wenn sie nämlich in Stromes Mitte fuhren, dessen Wasser sich manchmal seeartig weiteten oder in Windungen gingen, hinter denen sich neue Bilder Ägyptens verbargen und auftaten. Aber wie sehr unterhaltend war auch das Leben der heiligen Straße selbst, des großen Reiseweges Ägyptenlandes, wie vieler Schiffe Segel, grobe und kostbare, schwellte der Wind – und wie viele Ruder stemmten sich in seine Flut! Voll von Menschenstimmen war die hellhörige Luft über den Wassern, von Schiffergrüßen und -späßen, von den warnenden Rufen der Stangenmänner am Schnabel vor Strudeln und Bänken, den gesungenen Weisungen der Schiffer auf den Kajütendächern an Segler und Steuerer. Gemeine Kähne gleich dem Thot-nofers gab es die Menge, aber auch feine und schlanke Barken kamen daher, überholten »Glänzend durch Schnelligkeit« oder begegneten ihm: blau bemalt, mit niedrigem Mast und breitem, taubenweißem Segel, das sich in gefälligem Schwunge blähte, mit Steven in Lotusform und zierlichen Pavillons statt der Kajütenverschläge. Es gab Tempelbarken mit Purpursegeln und großen Gemälden am Buge; hochnoble Reiseschiffe der Mächtigen, zwölf Ruderer an jeder Seite, bebaut mit säulentorigen Lusthäusern, auf deren Dach das Gepäck und der Wagen des Herrn verstaut waren und zwischen deren prunkenden Teppichwänden der Vornehme saß, die Hände im Schoß, in Schönheit und Reichtum gleichsam erstarrt und weder rechts noch links blickend. Ein Leichenzug begegnete ihnen auch, drei Schiffe hintereinander, zusammengetäut, auf deren letztem, einem weißen Kahn ohne Segel und Ruder, der bunte Osiris, den Kopf voran, unter Jammernden auf einem löwenfüßigen Schragen lag.

Ja, viel gab es zu sehen, am Ufer wie auf dem Strome, und Joseph, dem Verkauften, dem zum erstenmal eine Wasserfahrt lachte und nun gleich eine solche, vergingen die Tage gleich Stunden. Wie gewohnt sollte ihm diese Art des Reisens werden und wie geläufig gerade die Strecke hier zwischen Amuns Haus und dem grabeswitzigen Menfe! Ganz wie die Hochnoblen in ihren Teppichkapellen, so sollte er selber dasitzen dereinst, nach dem Ratschluß, in der würdigen Unbeweglichkeit, die er würde erlernen müssen, weil das Volk sie von Göttern und Großen erwartete. Denn so klug sollte er sich halten und so viel Geschicklichkeit bewähren in der Behandlung Gottes, daß er der Erste ward unter den Westlichen und dasitzen mochte, ohne rechts oder links zu blicken. Dies war ihm aufgespart. Vorderhand blickte er noch rechts und links, soviel er nur konnte, um das Land und des Landes Leben in Geist und Sinne aufzunehmen, immer darauf bedacht, daß seine Neugier nicht ausarte in Verwirrung und unförderliche Blödigkeit, sondern sich vorbehaltvoll und munter halte zu Ehren der Väter.

So wurden aus Abend und Morgen die Tage und mehrten sich. Menfe lag zurück nebst dem Tage, an dem sie von dort gesegelt. Wenn die Sonne sank, die Wüste draußen sich violett färbte und der arabische Himmel zur Linken den überschwenglichen Orangeschein des libyschen zur Rechten sanfter zurückspiegelte, so pflockten sie an, wo es sich traf, und schliefen, um morgens weiter zu fahren. Der Wind blieb ihnen fast immer günstig, mit Ausnahme der Tage, da er sich legte. Dann mußten sie rudern, wobei der verkäufliche Usarsiph und die jüngeren Ismaeliter halfen, denn sehr viel Mannschaft hatte die Barke nicht, und kamen in Rückstand, was dem Thotnofer peinlich war von wegen der pünktlich abzuliefernden Grabesstatue. Doch war die Versäumnis nicht schwer, da an anderen Tagen die Leinwand desto voller war und Vorteil und Nachteil sich zur Zufriedenheit aufhoben; und an dem neunten Abend sahen sie zackige Anhöhen sich in der Ferne durchsichtig rosinfarben und wunderlieblich gebärden wie roter Korundstein, obgleich sie, wie jedermann wußte, so todesdürr und verflucht waren wie alle Berge Ägyptens. Diese anerkannte der Schiffsherr sowohl wie der Alte als Amuns Berge, die Höhen von No; und als sie geschlafen hatten und wieder segelten und vor Ungeduld auch noch ruderten außerdem, da ging es an, da blitzte es auf vor ihnen von Gold und schimmerte fein von Farben des Regenbogens, und sie zogen in die Stadt Pharao's ein, die ungeheuer namhafte, noch auf ihrem Schiff und bevor sie an Land gegangen: denn der Fluß wurde zur Ehrenstraße und ging hin in einer Flucht himmlischer Bauten, umgrünt von Gartenwonne, zwischen Tempeln und Palästen rechts und links am Ufer des Lebens sowohl wie an dem des Todes, zwischen Papyruskolonnaden und Lotusbündelkolonnaden, zwischen Obelisken mit Goldspitzen, Kolossalstatuen, Tortürmen, zu denen Sphinxalleen vom Ufer führten und deren Türflügel und Flaggenstangen mit Gold überzogen waren: davon kam das Blitzen, welches die Augen zu blinzeln zwang, so daß vor ihnen die Farben von Bild und Schrift an den Baulichkeiten, das Zimtrot, der Pflaumenpurpur, das Emeraldgrün, Ockergelb und Lasurblau, zu einem wirren Tintenmeere verschwammen.

»Das ist Epet-Esowet, die große Wohnung Amuns«, sagte der Alte zu Joseph, indem er ihn mit dem Finger bedeutete. »Die hat einen Saal, fünfzig Ellen breit, mit zweiundfünfzig Säulen und Pfeilern, die Zeltpfählen gleichen, und ist der Saal, wenn's dir recht ist, mit Silber gepflastert.«

»Gewiß ist mir's recht«, antwortete Joseph. »Ich wußte ja, daß Amun ein sehr reicher Gott ist.«

»Das da sind die göttlichen Werften«, sagte der Alte wieder, auf Hafenbecken und Trockendocks zur Linken weisend, wo zahlreiche Schurzträger,

Zimmerleute des Gottes, mit Bohren, Hämmern und Pichen um Schiffsgerippe beschäftigt waren. »Das ist Pharao's Totentempel und das da das Haus seines Lebens«, sprach er und deutete da- und dorthin nach Westen ins Land hinaus auf Baukomplexe von teils gewaltiger, teils lieblicher Pracht. »Das ist Amuns Südliches Frauenhaus«, sagte er und ging wieder zum anderen Ufer über, auf gestreckte Tempelanlagen unmittelbar am Flusse den Finger richtend, deren grell besonnte Front an den Vorbauten von scharfen Winkelschatten geschnitten war und bei denen es von sich rührenden, sichtlich noch in Bautätigkeit begriffenen Menschen wimmelte. »Siehst du diese Schönheit? Siehst du die Stätte des Geheimnisses der königlichen Empfängnis? Bemerkst du, wie Pharao vor den Saal und den Hof noch eine Halle baut, höher an Säulen als alles? Mein Freund, das ist Nowet-Amun, die Stolze, die uns erscheint! Fällt dir die Widder-Straße wohl auf, die dort über Land vom Südlichen Frauenhause zur Großen Wohnung führt? Fünftausend Ellen ist die lang, mußt du wissen, mit lauter Amuns-Widdern besetzt zur Rechten und Linken, die Pharao's Bild zwischen den Beinen tragen.«

»Es ist mehr als nett«, sagte Joseph.

»Nett?« ereiferte sich der Alte. »Worte wählst

du mir aus dem Sprachschatz – lächerlich fehlgehende, das muß ich sagen, und befriedigst mich wenig mit deiner Rückäußerung auf die Erscheinung Wesets.«

»Ich sagte ja ›mehr‹ als nett«, erwiderte Joseph. »Beliebig mehr. Wo ist aber das Haus des Wedelträgers, vor das du mich bringen willst? Kannst du mir's weisen?«

»Nein, das unterscheidet man nicht von hier«, versetzte der Alte. »Dort, gegen die östliche Wüste, wo die Stadt nicht mehr dicht ist, sondern sich in Gärten und Villen der Herren löst, da ist's gelegen.«

»Und wirst du mich heute noch vor das Haus bringen?«

»Du kannst es wohl gar nicht erwarten, daß ich dich hinbringe und dich verkaufe? Weißt du denn, ob der Meier des Hauses dich nimmt und mir genug für dich bietet, daß ich auf meine Kosten komme und einen kleinen, gerechten Nutzen noch dabei einstreiche? Es ist manchen Mondwechsel her, daß ich dich aus dem Brunnen entband, deiner Mutter, und manche Tagereise, daß du mir Fladen bäckst und neue Worte hebst aus dem Sprachschatz, mir gute Nacht zu sagen. Leicht mag es also sein, daß die Zeit dir lang geworden und du es leid bist mit uns und nach neuem Dienste verlangst. Aber ebenso gut könnte die Menge der Tage Gewöhnung bei dir gezeitigt haben und daß dir's schwer würde, dich vom alten Minäer aus Ma'on zu trennen, deinem Entbinder, und du die Stunde erwarten könntest, da er davonzieht und dich in den Händen der Fremden läßt. Das sind die zwei Möglichkeiten, die sich aus der Menge gemeinsamer Wandertage ergeben.«

»Der letzteren«, sagte Joseph, »ganz überwiegend der letzteren gehört die Wirklichkeit. Gewißlich, ich habe nicht Eile, mich von dir, meinem Erlöser, zu trennen. Ich habe nur Eile, dahin zu gelangen, wo Gott mich haben will.«

»Gedulde dich«, entgegnete der Alte. »Wir landen an und unterziehen uns den Scherereien, die die Kinder Ägyptens den Ankommenden auferlegen und die lange währen. Danach ziehen wir hin, wo die Stadt dicht ist, in eine Herberge, die ich weiß, und übernachten. Morgen aber bringe ich dich vor das Segenshaus und biete dich feil dem Meier Mont-kaw, meinem Freunde.«

Unter solchen Reden langten sie an im Hafen, oder vielmehr am Platze der Anpflockung, zu dem sie von Stromesmitte herüberkreuzten, während Thot-nofer, der Schiffsmann, zum Dank für die glücklich vollbrachte Reise neuerdings vor der Kajüte Balsam verbrannte; und war die Ankunft so umständlich-langwierig und mit so zeitraubenden Scherereien verknüpft, wie nur je eine solche zu Schiffe es irgendwo war oder ist. Denn sie gerieten in den Trubel und das Geschrei der Lände und des Wassers davor, wo viele Schiffe, einheimische und fremde, sich drängten, die schon angepflockt waren oder nach Anpflockung verlangten, um ihre Taue zu schleudern, wenn ein Pflock für sie frei war; und »Glänzend durch Schnelligkeit« wurde von Hafenwächtern und Zollschreibern geentert, die Protokolle über Mann und Maus und jederlei Stückgut aufzunehmen begannen, während am Ufer die Dienstleute des Mannes, der seine Gestalt bestellt hatte, mit gereckten Armen nach der Figur schrien, auf die sie schon lange gewartet hatten, und ebendort viele Händler, die den Ankommenden Sandalen, Mützen und Honigkuchen verkaufen wollten, ihre Stimmen erhoben, in die sich das Geblök von Herden mischte, die nebenan ausgeladen wurden, und die Musik von Gauklern, die am Kai sich auffallend zu machen suchten. Es war ein sehr großer Wirrwarr, und Joseph und seine Gefährten saßen still und betreten am Hinterteil ihres Schiffes auf dem Bauholz und warteten des Augenblicks, da sie von Bord gehen und die Herberge aufsuchen könnten, was aber noch ferne war. Denn auch der Alte mußte heran vor die Zöllner, sich selbst und all das Seine zu Protokoll geben und Hafengebühren erlegen von seinem Kram. Er wußte sie wohl zu nehmen und weise Menschlichkeit herzustellen statt der Amtlichkeit zwischen sich und ihnen, so daß sie lachten und es gegen kleine Geschenke nicht allzu genau nahmen mit der Landung der Wanderhändler; und ein paar Stunden, nachdem man das Tau geworfen, konnten Josephs Käufer ihre Kamele über die Laufplanke führen und sich, sehr unbeachtet von einer Menge, die jederlei Haut und Kleid gewohnt war, ihren Weg bahnen durch den gemischten Tumult des Hafenquartiers.

Joseph redet vor Potiphar

Und somit kommen wir zu jener ausschlaggebenden ersten Begegnung und Unterhaltung Josephs mit Potiphar, im Baumgarten, deren in keiner der mannigfachen Darstellungen dieser Geschichte, weder den morgen- noch den abendländischen, auch nur gedacht wird und von der weder die prosaischen noch die in Versen abgefaßten etwas zu melden wissen – so wenig wie von zahlreichen anderen Einzelheiten, Genauigkeiten und sichernden Begründungen, die zutage zu fördern und den schönen Wissenschaften einzuverleiben unsere Version und Fassung sich rühmen darf.

Es steht fest, daß es wiederum Bes-em-heb, der Spottwezir, war, dem Joseph das längst ersehnte und in der Tat für alle Zukunft entscheidende Zusammentreffen mittelbar zu danken hatte, wenn der Zwerg es auch nicht geradezu veranstalten, sondern nur die Vorbedingungen dazu schaffen konnte. Diese bestanden darin, daß der überflüssig da und dort sich umtuende Jungsklave Osarsiph eines schönen Tages zum Gärtner gesetzt wurde in Potiphars Garten – nicht zum

Obergärtner, versteht sich: der Obergärtner war ein gewisser Chun-Anup, Sohn des Dedi, auch Glutbauch genannt, aus dem Grunde, weil er einen auffallend sonnenroten Bauch hatte, der dem sinkenden Gestirne gleich über den unterhalb des Nabels befestigten Schurz hing, – ein Mann von den Jahren Mont-kaws, aber geringer von Klasse, wenn auch würdig fußend in dem Fach und Geschäft, dessen er Meister: ein Kenner und Vorsteher der Pflanzen und ihres Lebens, nicht nur sofern es der Zier und dem Wirtschaftsnutzen diente, sondern zugleich in Ansehung ihrer Gift- und Segenskräfte, also daß er dem Hause nicht nur Gärtner, Förster und Besteller der Blumentische war, sondern auch Apotheker und säftekundiger Salbader, Herr der Absude, Auszüge, Salben, Klistiere, Brechmittel und Kataplasmen, die er Menschen und Tieren in Krankheitsfällen bereitete, aber von jenen freilich nur Dienenden; denn der Herrschaft half ein strenger berufener Arzt vom Tempel des Gottes zum Leben oder zum Tode. – Auch die Glatze Chun-Anups war rot, da er die Kappe verschmähte, und hinterm Ohr pflegte er eine Lotusblüte zu tragen wie ein Schreiber die Binse. Auch hingen ihm stets allerlei Kräuterbüschel oder Proben von Wurzel- und Schößlingswerk aus dem Schurz hervor, im Vorübergehen abgeschnitten mit einer Gartenschere, die zusammen mit einem Grabstichel und einer kleinen Säge an seiner Lende klapperte. Das Gesicht des untersetzten Mannes war kräftig gefärbt und mit nicht unfreundlichem Ausdruck in sich zusammengezogen: knollig von Nase und mit einem Munde, der sich in eigentümlicher Entstellung, man wußte nicht recht, ob verdrießlicher- oder behaglicherweise, gegen dieselbe emporhob, war es mit unregelmäßig wachsenden und nie geschorenen Barthaaren besetzt, die gleich Wurzelfasern daran hingen und die tellurische, wenn auch augenzwinkernd in Sonnenröte getauchte Prägung von Glutbauchs Antlitz verstärkten. Der kurze, erdig-zinnoberrote Finger, womit er das untergebene Völkchen, war es nicht fleißig, bedrohte, hatte viel von einer eben ausgezogenen Rübe.

Den Obergärtner also war Gottliebchen angegangen von wegen des ausländischen Käuflings, der, wie er ihm zuwisperte, in Dingen der Erde und ihrer Gaben von Kind auf und Grund aus geschickt und bewandert sei, da er, bevor er veräußert worden, in seiner Heimat, dem elenden Retenu, seines Vaters Ölhain betreut und sich aus Liebe zur Frucht mit seinen Gesellen überworfen habe, welche sie mit Steinwürfen gepflückt und unfein gepreßt hätten. Auch habe er ihm, dem Zwerge, glaubhaft zu machen gewußt, daß er einen Zauber ererbt oder einen sogenannten Segen empfangen habe, nämlich einen doppelten: oben vom Himmel herab und aus der Tiefe, die unten liegt. Das sei doch genau das, was ein Gärtner brauche, und Chun-Anup möge den Burschen, der müßig gehe zum Schaden der Wirtschaft, doch einstellen unter die Seinen; die kleine Weisheit rate es ihm, der nachzuhandeln niemanden noch gereut habe.

So sprach der Wezir, weil er Josephs Wunsch, vor dem Herrn zu stehen, im Herzen trug und wohl wußte, daß die Beschäftigung im Garten weitaus die besten Glücksaussichten auf seine Erfüllung bot. Denn wie irgendein Großer Ägyptens liebte der Wedelträger seinen bewässerten Park, dessengleichen er im Leben nach dem Leben ganz ebenso wieder zu besitzen und zu genießen hoffte, ruhte und erging sich zu verschiedenen Tageszeiten darin, stand auch wohl und sprach mit den Pflegern, wenn die Laune ihn ankam: nicht nur mit Glutbauch, dem Vorsteher, sondern auch mit den werkenden Leuten, den Hackern und Wasserschöpfern; und darauf eben baute der Zwerg seinen Plan, der vollkommen gelang.

Wirklich wurde Joseph vom Glutbauch eingesetzt zur Gartenpflege; und zwar war es der Baumgarten, wo er Arbeit erhielt, – noch genauer der Palmengarten, welcher im Süden des Haupthauses östlich an den Ententeich stieß und noch weiter gen Osten und gegen den Hofplatz hin in den Weingarten überging. Aber der Palmenhain selber schon war ein Weingarten, denn überall zwischen seinen hochgefiederten Säulen rankten sich Rebengehänge, die nur hie und da offen gelassen waren, so daß freie Wege durch das Wäldchen dahinführten. Diese Vereinigung der Fruchtbarkeiten – denn das Gerank war von Trauben voll, und die Fiederpalmen trugen Datteln, mehrere hundert Liter alljährlich – war paradiesisch und dem Auge erfreulich, so daß nicht wundernehmen kann, daß Petepré an seinem Palmengarten mit den da und dort eingesenkten Bewässerungsbecken besonders hing und sich öfters sogar ein Ruhebett dort aufschlagen ließ, um im Schatten der leise rauschenden Kronenschöpfe seinem Vorleser zuzuhören oder einen Bericht der Schreiber entgegenzunehmen.

Hier also ward dem Sohne Jaakobs Beschäftigung zugewiesen, und es war eine, die ihm auf nachdenklich-schmerzliche Art ein teures und schrecklich verlorenes Besitztum seines vorigen

Lebens in die Erinnerung zurückrief: den Schleier, das bunte Kleid, sein und seiner Mutter Ketônet passîm. Unter seinen Bildstickereien war eine gewesen, die ihm schon bei erster Besichtigung, in Jaakobs Zelt, als das Brautgewand schimmernd zwischen des Vaters Armen hing, auffallend gewesen war: Einen heiligen Baum hatte sie dargestellt, zu dessen Seiten zwei bärtige Engel einander gegenübergestanden und ihn zur Befruchtung mit dem Zapfen der männlichen Blüte berührt hatten. Josephs Arbeit nun war die jener Genien. Die Dattelpalme ist ein zweihäusiger Baum, und die Bestäubung ihrer fruchtbaren Exemplare mit dem Samenstaube derjenigen, die keine Blüten mit Griffel und Narbe, sondern nur solche mit Staubgefäßen tragen, ist des Windes Sache. Doch hat diesem der Mensch von jeher das Geschäft auch wohl abgenommen und künstliche Befruchtung ausgeübt, nämlich so, daß er eigenhändig die abgeschnittenen Blütenstände eines unfruchtbaren Baumes mit denen fruchtbarer in Berührung brachte und sie besamte. Dies eben hatte man die Geister des Schleiers am heiligen Baum vollziehen sehen, und ebendies bekam Joseph zu tun; Glutbauch, des Dedi Sohn, Potiphars Obergärtner, trug es ihm auf.

Er betraute ihn damit um seiner Jugend willen

und von wegen der Gelenkigkeit seiner Jahre; denn es ist mühselig und bedarf des Klettermutes und der Freiheit von Schwindel, um des Windes Amt zu versorgen. Mit Hilfe eines besonderen Polsterstrickes, der zugleich um den eigenen Leib und um den der Palme geschlungen ist, muß der Mensch mit einem Holzgefäß oder Körbchen unter Benutzung von Blätterstümpfen oder anderen Vorsprüngen und Anhaltspunkten, wie sie der Schuppenstamm eben bietet, sich in die Krone des staubblütentragenden Baumes emporarbeiten, indem er immer, mit der Bewegung eines Wagenlenkers, der den Pferden die Zügel schießen läßt, das Seil auf beiden Seiten um so viel in die Höhe wirft, wie er gestiegen ist, muß, oben angelangt, die Rispen abschneiden und mit Behutsamkeit im Behälter sammeln, dann wieder hinabgleiten, dann auf dieselbe Weise an dem Stamm eines fruchtbaren Baumes und wieder eines und abermals eines anderen hinaufgehen und dort überall die samentragenden Rispen »reiten lassen«, das heißt: sie in die fruchtknotentragenden Blütenstände hineinhängen, damit diese empfangen und bald hellgelbe Dattelfrüchte ansetzen, die man schon pflücken und essen kann, wenn auch erst die von den Hitzemonaten Paophi und Hathyr gezeitigten die rechten und guten sind.

Mit seinem erdig-roten Rübenfinger wies Chun-Anup dem Joseph unter den Palmen die staubblütentragenden, von denen es nur wenige gab; denn eine solche mag wohl dreißig fruchtbare bestäuben. Er gab ihm den Strick, der beste Landesware war, kein Hanfseil, sondern aus Schilffasern gemacht, vorzüglich geweicht, geklopft und geschmeidigt, und überwachte das erstemal selbst die Umstrickung; denn er war verantwortlich und wollte nicht, daß der Neuling vom Baum falle und sein Eingeweide ausschütte, so daß der Herr um den Kaufwert komme. Danach, als er gesehen, daß der Bursche geschickt war und kaum der Einspannung bedurft hätte, sondern durch die Behendigkeit, mit der er ins Gefieder des Baumes emporgelangte, ein Eichkätzchen hätte beschämen können und auch sonst das Geschäft mit Sorglichkeit und Verstand erfüllte, überließ er ihn sich selbst und versprach ihm weitere Anstellung im Garten, daß er mit der Zeit ein rechter Gärtner werde, wenn sich zeige, daß er des Auftrages hier sich erfolgreich entledige und bald und reichlich die Früchte ansetzten an den fruchtbaren Bäumen.

Joseph, ehrgeizig für Gott wie er war, fand überdies viel Gefallen an dem kecken und sinnigen Werk und betrieb es, um dem Obergärtner durch so rasche wie vollkommene Arbeit Eindruck zu machen, so daß er stutzen sollte – eine Bewegung, die Joseph bei allen Menschen hervorzurufen trachtete –, mit großem Eifer, einen Tag und noch einen zweiten bis in den Abend hinein, also daß er noch um Sonnenuntergang, da im Westen hinter dem Lotusteich, der Stadt und dem Nile das täglich überschöne Gepränge von Karmesin und Tulpenrot sich entfaltete und der Garten von anderen Bestellern sich schon geleert hatte, allein bei seinen Bäumen oder eigentlich in ihnen verweilte und die Reste des schnell schwindenden Lichtes benützte, um »reiten zu lassen«. Er saß behutsam handelnd im Gewipfel eines Hochschäftig-Schwanken, der fruchtbar war, als er unter sich ein Trippeln und Wispern vernahm und hinabblickend das Zwerglein Gottlieb erkannte, das, klein in der Tiefe wie ein Pilz, mit beiden Ärmchen zu ihm hinaufwinkte, darauf aus seinen Händchen eine Muschel vorm Munde machte und aus Leibeskräften flüsterte: »Osarsiph! er kommt!« – Dann war er gleich wieder verschwunden.

Joseph beeilte sich, seine zarte Hantierung im Stich zu lassen, und fuhr mehr, denn daß er gestiegen wäre, vom Baum herunter, um, unten angelangt, zu gewahren, daß wirklich, vom Teiche her, auf dem Pfade, den die Weinreben offen ließen, Potiphar, der Herr, mit kleinem Gefolge zwischen den Palmen herankam, – hochwandelnd und weiß unterm Himmelsrot, begleitet vom Meier Mont-kaw, an seiner Seite fast und nur ein wenig schräg hinter ihm; ferner von Dûdu, dem Vorsteher der Schmuckkästen, zwei Schreibern des Hauses und Bes-em-heb, dem Verkünder, der auf Schleichwegen schon wieder zu jenen gestoßen war. Siehe da, dachte Joseph, den Blick auf den Herrn gerichtet, er geht im Garten, da der Tag kühl worden. Und als die Gruppe noch näher herangekommen, warf er sich nieder am Fuße des Baumes und barg die Stirn am Boden, die Handflächen allein gegen die Nahenden aufgehoben.

Petepré, auf das gekrümmte Rückgrat zur Seite seines Pfades hinabblickend, blieb stehen, und mit ihm tat es seine Begleitung.

»Auf deine Füße«, sagte er kurz, aber sanft; und Joseph kam mit einer einzigen raschen Bewegung diesem Befehle nach. Er stand, hart am Schafte der Palme, in bescheidenster Haltung, die Hände am Halse gekreuzt, den Kopf geneigt. Sein Herz war überaus wach und bereit. Es war an dem: er stand vor Potiphar. Potiphar war stehengeblieben. Nicht allzubald durfte er wieder von der Stelle gehen. Worauf alles ankam, war, daß er stutzte. Welche Frage würde er stellen? Hoffentlich eine, die eine stutzenswerte Antwort ermöglichte. Joseph wartete mit niedergeschlagenen Augen.

»Bist du vom Hause?« hörte er vor sich die zarte Stimme sich knapp erkundigen.

Nun, das bot vorläufig geringe Möglichkeiten. Höchstens durch die Gesittung des Wie, kaum auch durch das Was war der Erwiderung ein Gepräge zu geben, das, wenn nicht stutzen, so doch gelinde aufhorchen ließ und vor allem einmal das eine verhinderte, daß der Verhörende gleich weiterging. Joseph murmelte:

»Mein großer Herr weiß alles. Der letzte und niedrigste seiner Sklaven ist dieser hier. Der letzte und niedrigste seiner Diener ist glücklich zu preisen.«

Mäßig! dachte er. Er wird doch wohl nicht gleich weitergehen? Nein, erst wird er fragen, warum ich noch hier bin. In hübschem Stil muß ich ihm darauf antworten.

»Du bist von den Gärtnern?« hörte er nach kurzem Schweigen die milde Stimme über sich. Er entgegnete:

»Alles weiß und sieht mein Herr, wie Rê, der ihn schenkte. Von seinen Gärtnern der unterste.«

Darauf die Stimme:

»Aber was hältst du dich noch im Garten um die Stunde des Scheidens, da deine Gesellen schon den Abend feiern und ihr Brot essen?«

Joseph senkte den Kopf noch tiefer über die Hände.

»Der du den Heerscharen Pharao's vorstehst, mein Herr, du größter unter den Großen der Länder!« sprach er betend. »Du gleichst dem Rê, der über den Himmel fährt in seiner Barke mitsamt seinem Gefolge. Ägyptens Steuer bist du, und des Reiches Boot fährt nach deinem Willen. Du bist der nächste nach Thot, der da richtet ohn' Unterschied. Schutzdamm der Armen, dein Erbarmen komme über mich wie die Sättigung, die den Hunger stillt. Wie ein Kleid, das das Nacktsein endet, komme über mich dein Vergeben dafür, daß ich mich bei der Arbeit versäumte an deinen Bäumen bis zur Stunde, da du im Garten gehst, und dir ein Anstoß wurde auf deinem Pfade!«

Stillschweigen. Es mochte sein, daß Petepré nach seinen Begleitern sah aus Anlaß dieser gepflegten Bittrede, die mit etwas sandigem Akzente noch, aber gewandt und eben, formelhaft zwar, aber nicht ohne innigen Ausdruck gesprochen worden war. Joseph sah nicht, ob jener die Seinen ansähe, aber er hoffte es und wartete. Wenn man genau hinhörte, war es erkennbar, daß Pharao's Freund leise lächelte, als er erwiderte:

»Nicht Eifer im Amt und überstündiger Fleiß im Dienste des Hauses rufen den Zorn des Herrn hervor. Nimm Atem! Du bist also beflissen in deinem Geschäft und liebst dein Handwerk?«

Hier hielt Joseph es für angebracht, Haupt und Augen zu erheben. Rahels Augen, schwarz und tief wie sie waren, begegneten in beträchtlicher Höhe rehbraunen, sanften und etwas traurigen Augen, die, lang bewimpert, in stolzer Verschleierung, aber mit gütigem Forschen, in jene blickten. Potiphar stand vor ihm, groß, fett und aufs zarteste gekleidet, die Hand auf der Stützscheibe seines hohen Wandelstabes, die oben, ein Stück unter dem kristallenen Endknaufe, saß, in der anderen Pinienkeule und Fliegenwedel. Die bunte Fayence seines Halskragens ahmte Blumen nach. Gamaschen aus Leder schützten seine Schienbeine. Aus Leder ebenfalls, Bast und Bronze waren die Schuhe, auf denen er stand und deren Stangen ihm zwischen der großen und zweiten Zehe hindurchliefen. Sein zierlich geschnittener Kopf, in dessen Stirn vom Scheitel herab eine frische Lotusblüte hing, war lauschend gegen Joseph geneigt.

»Wie sollte ich des Gärtners Amt nicht lieben«, antwortete dieser, »und nicht darin eifrig sein, mein großer Herr, da es ja wohlgefällig ist Göttern und Menschen und das Geschäft der Hacke dem des Pfluges voransteht an Schönheit sowie vielen anderen noch, wenn nicht den meisten? Denn es ehrt seinen Mann, und Erwählte übten es aus in der Vorzeit. War nicht Ischullânu eines großen Gottes Gärtner, und blickte nicht Sins Tochter selbst freundlich auf ihn, da er ihr täglich Sträuße brachte und ließ ihren Tisch erstrahlen? Ich weiß von einem Kinde, das sie aussetzten in einem Schilfkorbe, aber der Strom trug ihn zu Akki, dem Wasserschöpfer, der lehrte den Knaben die feine Kunst des Gartens, und Scharuk-inu, dem Gärtner, gab Ischtar ihre Liebe und gab ihm das Reich. Noch einen großen König weiß ich, Urraimitti von Isin, der tauschte im Scherze die Rolle mit Ellil-bani, seinem Gärtner, und setzte ihn auf seinen Thron. Aber siehe, Ellil-bani blieb sitzen daselbst und ward König, er selber.«

»Schau, schau!« sagte Petepré und blickte wieder lächelnd auf den Vorsteher Mont-kaw, der mit verlegener Miene den Kopf schüttelte. Auch die Schreiber gleich ihm, aber besonders Dûdu, der Zwerg, schüttelten ihre Köpfe, und nur Gottliebchen-Schepses-Bes nickte knittrigen Beifall mit dem seinen. »Woher weißt du denn alle diese Geschichten? Bist du von Karduniasch?« fragte der Höfling auf akkadisch, denn Babylonien war es, was er mit jenem Namen gemeint hatte.

»Dort gebar mich die Mutter«, antwortete Joseph ebenfalls in der Sprache Babels. »Aber in Zahi-Land, in der Täler Kanaans einem, wuchs auf, der dir angehört, bei seines Vaters Herden.«

»Ah?« ließ Potiphar flüchtig vernehmen. Es machte ihm Spaß, sich babylonisch zu unterhalten, und ein gewisser poetischer Tonfall der Antwort, etwas unbestimmt Anspielungshaftes, das namentlich in der Wendung »bei seines Vaters Herden« gelegen hatte, fesselte ihn – und genierte ihn zugleich. Eine vornehme Ängstlichkeit, durch seine Fragen allzuviel Intimität herauszufordern und zu vernehmen, was ihn nichts anging, kreuzte sich in ihm mit schon geweckter Neugier und Aufmerksamkeit, mit dem Wunsche, aus diesem Munde ein Mehreres zu vernehmen.

»Du sprichst aber«, sagte er, »die Sprache des Königs Kadaschmancharbe nicht schlecht.« Und ins Ägyptische zurückfallend: »Wer lehrte dich die Mären?«

»Ich las sie, Herr, mit meines Vaters Ältestem Knechte.«

»Wie, du kannst lesen?« fragte Petepré, froh, daß er sich hierüber verwundern konnte; denn von dem Vater, und daß er einen Ältesten Knecht, also überhaupt Knechte hatte, wollte er nichts wissen.

Joseph beugte den Kopf mehr, als daß er ihn neigte, nämlich so, als bekenne er sich schuldig.

»Und schreiben?«

Der Kopf ging noch tiefer.

»Welche Arbeit war es«, fragte Potiphar nach einem Augenblick des Zögerns, »bei der du dich versäumtest?«

»Ich ließ Blüten reiten, mein Herr.«

»Ah? – Ist das ein männlicher Baum oder ein weiblicher, der hinter dir?«

»Es ist ein fruchtbarer, Herr, er wird tragen. Ob aber ein solcher weiblich zu nennen sei oder männlich, das ist nicht ausgemacht, und verschiedentlich meinen es damit die Menschen. In Ägyptenland gibt man den fruchtbaren den männlichen Namen. Aber mit Leuten sprach ich von den Inseln des Meeres, Alaschia und Kreta, die hießen weiblich die früchtetragenden und männlich die unfruchtbaren, die nur den Staub führen und sind hagestolz.«

»Ein fruchtbarer also«, sagte der Truppenoberst kurz. »Und wie alt ist der Baum?« fragte er, da ein Gespräch wie dieses nur den Zweck haben konnte, die fachlichen Kenntnisse des Angeredeten zu prüfen.

»Seit zehn Jahren blüht er, o Herr«, antwortete Joseph lächelnd, mit einer gewissen Begeisterung, die ihm teils von Herzen kam (denn er hatte viel Sinn für die Bäume), teils auch ihm nützlich erschien. »Und siebzehn sind es, daß man den Schößling setzte. In zwei Jahren oder dreien wird er ein Vollträger sein – oder sie – und auf der Höhe seiner Ergiebigkeit. Aber schon jetzt trägt er dir an die zweihundert Hin der besten Früchte im Jahr, von wundersamer Schönheit und Größe, an Farbe dem Bernstein gleich, gesetzt nämlich, daß man's dem Winde nicht überläßt, sondern mit Menschenhand sorgt für des Baumes Bestäubung. Das ist ein herrlicher Baum unter den deinen«, sagte er mit sich entfesselndem Eifer und legte die Hand an des Stammes schlanken Säulenschaft, »männlich im Stolz seiner ragenden Kraft, so daß man's mit den Leuten Ägyptens zu halten geneigt ist und ihrer Art der Benennung; und weiblich wieder in seiner spendenden Fülle, so daß man den Leuten des Meeres beipflichten möchte und ihrer Redeweise. Kurz gesagt, ist das ein göttlicher Baum, wenn du deinem Diener gestatten willst, in diesem Wort zu vereinigen, was da geschieden ist in der Völker Mund.«

»Sieh da«, sagte Petepré mit lauschender Ironie, »vom Göttlichen weißt du mir auch zu melden? Du betest wohl Bäume an von Hause aus?«

»Nein, Herr. Allenfalls unter Bäumen, doch nicht die Bäume. Fromm gesinnt sind wir freilich den Bäumen, denn etwas Heiliges ist es um sie, und man sagt, daß sie älter seien als selbst die Erde. Es hörte dein Sklave vom Baume des Lebens, in dem die Kraft gewesen sei, alles hervorzubringen, was ist. Soll man aber die alles hervorbringende Kraft männlich nennen oder weiblich? Ptachs Künstler zu Menfe und die Bildmeister Pharao's hier, die da fruchtbar sind an Gestalt und die Welt erfüllen mit schöner Figur: ist die Kraft männlich zu heißen oder weiblich, zeugend oder gebärend, aus der sie's vollbringen? Das ist nicht auszumachen, denn von beiderlei Art ist diese Kraft, und ein zwitterblütiger Baum muß wohl der Baum des Lebens gewesen sein, zwiegeschlechtig, wie meistens die Bäume es sind und wie Chepre es ist, der Sonnenkäfer, der sich selber erzeugt. Siehe, die Welt ist zerrissen im Geschlecht, also daß wir reden von männlich und weiblich und sind nicht einmal einig im Unterscheiden, da ja die Völker streiten, ob der fruchtende Baum männlich zu nennen ist oder der hagestolze. Aber der Welt Grund und des Lebens Baum sind weder männlich noch weiblich, sondern beides in einem. Was heißt aber beides in einem? Es heißt keines von beidem. Jungfräulich sind sie, wie die bärtige Göttin, und sind Vater und Mutter zugleich dem Entstandenen, denn erhaben sind sie übers Geschlecht, und nichts zu schaffen hat ihre spendende Tugend mit der Zerrissenheit.«

Potiphar schwieg, die Turmesgestalt gestützt auf seinen schönen Stab, und blickte zu Boden hin vor die Füße des Prüflings. Er spürte eine Wärme im Angesicht, in der Brust und in allen seinen Gliedern, eine leichte Erregung, die ihn an diese Stelle fesselte und nicht wollte, daß er sich weiterhöbe, obgleich er, der Weltgewandte, nicht wußte, wie dieses Gespräch weiterzuleiten sei. Aus vornehmer Scheu hatte er nicht geglaubt, von den persönlichen Verhältnissen des Sklaven noch mehr vernehmen zu dürfen; nun schien ihm aus anderer Scheu, auch in der Richtung, die sie statt dessen genommen, die Unterhaltung verbaut. Er hätte weitergehen können und den jungen Fremdling an seinem Baume stehenlassen; das aber mochte und durfte er nicht. Er zögerte, und in sein Zögern drang die ehrbare Stimme Dûdu's, des Unterwüchsigen, des Gatten der Zeset, der zu mahnen für gut fand:

»Wie wäre es, großer Herr, wenn du den Gang

wieder aufnähmest und lenktest deine Schritte zum Hause? Die Feuer des Himmels wollen schon blasser werden, und jeden Augenblick kann's kalt einfallen von der Wüste her, also daß du den Nasenfluß davontragen könntest, denn du bist ohne Mantel.«

Zu Dûdu's Ärger hörte der Wedelträger ihn gar nicht. Die Wärme in seinem Haupt verschloß ihm die Ohren gegen des Zwerges verständige Worte. Er sagte:

»Ein nachdenklicher Gärtner scheinst du mir, Jüngling von Kanaan.« Und indem er sich an ein Wort hielt, das ihm klanglich und sachlich Eindruck gemacht hatte, fragte er: »Waren sie zahlreich – deines Vaters Herden?«

»Sehr zahlreich, Herr. Kaum wollte das Land sie tragen.«

»So war dein Vater ein sorgloser Mann?«

»Außer der Gottessorge, Herr, kannte er keine.«

»Was ist die Gottessorge?«

»Die ist verbreitet in aller Welt, o Herr. Mit mehr oder weniger Segen und Wohlgeschick wird sie betreut von den Menschen. Aber den Meinigen war sie auferlegt von langer Hand her besonders, also, daß man meinen Vater, den Herdenkönig, wohl auch einen Gottesfürsten hieß.«

»Sogar einen König und Fürsten nennst du ihn!

Verlebtest du also denn die Tage der Kindheit in so großem Wohlsein?«

»Dein Knecht«, erwiderte Joseph, »mag wohl sagen, daß er sich salbte mit Freudenöl die Tage der Kindheit hin und lebte in schönem Range. Denn der Vater liebte ihn mehr als seine Gesellen und machte ihn reich mit seiner Liebe Geschenken. So schenkte er ihm ein heilig Kleid, worein allerlei Lichter verwoben waren und hohe Zeichen, – ein Truggewand war es und ein Kleid der Vertauschung, vermacht von seiten der Mutter, und er trug es statt ihrer. Aber zerrissen wurde es ihm vom Zahn des Neides.«

Potiphar hatte nicht den Eindruck, daß der da log. Das ins Vergangene schauende Auge des Jünglings, die Innigkeit seiner Rede sprachen dagegen. Eine gewisse schwebende Verschwommenheit seiner Ausdrucksweise mochte auf Rechnung seiner Fremdheit zu setzen sein, und sie barg überdies einen Kern von Genauigkeit, der nicht trügen konnte:

»Wie gerietest du denn –«, forschte der Würdenträger. Er wollte sich zart ausdrücken und fragte: »Wie aber wurde aus deiner Vergangenheit deine Gegenwart?«

»Ich starb den Tod meines Lebens«, antwortete Joseph, »und ein neues ward mir zuteil in deinen

Diensten, o Herr. Was soll ich dein Ohr bemühen mit den Umständen meiner Geschichte und mit meines Laufes Stationen? Einen Weh-Froh-Menschen muß ich mich nennen. Denn der Beschenkte wurde getrieben in Wüste und Elend, gestohlen wurde er und verkauft. Er trank sich satt im Leid nach dem Glücke, Weh war seine Nahrung. Denn seine Brüder sandten ihm nach ihren Haß und legten Fangstricke seinen Schritten. Sie gruben ein Grab vor seinen Füßen und stießen sein Leben in die Grube, daß ihm zur Wohnung wurde die Finsternis.«

»Sprichst du von dir?«

»Vom Letzten der Deinen, Herr. Drei Tage lag er gefesselt im Unteren, so daß er wahrlich schon übel roch; denn besudelt hatte er sich wie ein Schaf mit seinem eigenen Unrat. Da kamen Fahrende und milde Seelen, die hoben ihn heraus in der Güte ihres Herzens und entbanden ihn dem Schlunde. Sie stillten mit Milch den Neugeborenen und gaben ein Kleid seiner Nacktheit. Danach aber brachten sie ihn herab vor dein Haus, o Akki, großer Wasserschöpfer, und du machtest ihn zu deinem Gärtner in der Güte deines Herzens und zum Helfer des Windes bei deinen Bäumen, also daß seine Neugeburt so wundersam zu nennen ist wie seine erste.«

»Wie seine erste?«

»Vergangen und versprochen, Herr, hat sich dein Diener in der Verwirrung. Mein Mund wollte nicht sagen, was er sagte.«

»Du sagtest aber, deine Geburt sei wundersam gewesen.«

»Es entschlüpfte mir, großer Herr, da ich vor dir rede. Sie war jungfräulich.«

»Wie kann das sein?«

»Lieblich war meine Mutter«, sagte Joseph, »von Hathor geprägt mit dem Kusse der Lieblichkeit. Aber ihr Leib war verschlossen durch viele Jahre hin, also daß sie verzagte an ihrer Mutterschaft und von den Menschen keiner sich noch einer Frucht versah ihrer Lieblichkeit. Nach zwölf Jahren aber empfing sie und gebar unter übernatürlichen Schmerzen, da im Osten das Himmelszeichen heraufkam der Jungfrau.«

»Nennst du das eine jungfräuliche Geburt?«

»Nein, Herr, wenn es dir mißfällt.«

»Man kann nicht sagen, daß diese Mutter jungfräulich gebar, nur weil es im Zeichen der Jungfrau geschah.«

»Nicht darum allein, o Herr. Man muß die weiteren Umstände mit in Betracht ziehen, das Gepräge der Lieblichkeit und daß durch so lange Jahre verschlossen gewesen war der Leib der

Gottesmagd. Dies alles zusammen mit dem Zeichen macht's aus.«

»Aber es gibt keine jungfräuliche Geburt.«

»Nein, Herr, da du es sagst.«

»Oder gibt es sie deiner Meinung nach?«

»Viel tausendmal, Herr!« sprach Joseph freudig. »Viel tausendmal gibt es sie in der Welt, die zerrissen ist im Geschlecht, und ist das All von Zeugung und Niederkunft voll, die übers Geschlecht erhaben. Segnet nicht ein Mondesstrahl den Leib der rindernden Kuh, die den Chapi gebiert? Lehrt uns nicht alte Kunde, daß die Biene aus den Blättern der Bäume geschaffen worden? Da hast du wieder die Bäume, deines Dieners Pfleglinge, und ihr Geheimnis, darin die Schöpfung ihr Spiel treibt mit dem Geschlechte, legt es zusammen in eins und verteilt's unter sie je nach Laune, und ist's einmal so damit bestellt und ein andermal anders, also daß niemand Ordnung und Namen weiß ihres Geschlechtes oder ob's überhaupt eines ist und die Völker sich streiten. Denn öfters geschieht es ja gar nicht durch das Geschlecht, daß sie sich fortpflanzen, sondern außerhalb seiner, – durch Bestäubung nicht und Empfängnis, sondern durch Ableger und Ausläufer oder daß man sie steckt, und der Gärtner setzt Schößlinge ein, aber nicht Kerne, des Palmbaums, damit er weiß, ob er einen fruchtbaren zieht oder hagestolzen. Pflanzen sie sich aber fort im Geschlecht, so sind manchmal Staub und Empfängnis zusammengetan in ihren Blüten und manchmal verteilt auf die Blüten desselbigen Baumes, manches Mal aber auch auf verschiedene Bäume des Gartens, die fruchtbaren und unfruchtbaren, und des Windes Geschäft ist's, den Samen zu tragen von der Blüte des Staubes zu der der Empfängnis. Ist das aber so recht noch, wenn man's bedenkt, ein Zeugen und ein Empfangen im Geschlecht? Ist nicht, was der Wind tut, schon dem Zeugen verwandt des Mondstrahles in der Kuh, ein Mittelding oder Übergang bereits zu höherer Zeugung und zur jungfräulichen Empfängnis?«

»Nicht der Wind ist's, der zeugt«, sagte Potiphar.

»Sage das nicht, o Herr, in deiner Größe! Oftmals, so hörte ich, befruchtet des Zephyrs süßer Hauch die Vögel, ehe noch die Hegzeit sich naht. Denn es ist ein Hauch Gottes Geist, und der Wind ist Geist, und wie Ptachs Bildmeister die Welt erfüllen mit schöner Figur, ohne daß jemand zu unterscheiden wüßte, ob männlich ihr Tun zu nennen sei oder weiblich, weil's nämlich beides ist und keins von beidem, das heißt jungfräulich-fruchtbar, – also ist die Welt von Befruchtung voll und Hervorbringung ohne Geschlecht und von Zeugung des Geisteshauchs. Vater und Schöpfer der Welt ist Gott und aller entstandenen Dinge, nicht weil sie durch Samen hervorgebracht werden, sondern es legte der Unerzeugte durch andere Kraft in den Stoff eine fruchtbare Ursache, welche ihn wandelt und ändert ins Mannigfache. Denn in Gottes Gedanken waren die vielgestaltigen Dinge zuerst, und das Wort, getragen vom Geisteshauch, ist ihr Erzeuger.«

Es war eine kuriose Szene, nicht dagewesen bisher in Haus und Hof des Ägypters. An seinem Stabe stand Potiphar und lauschte. In seinen feinen Zügen kämpfte die duldsame Ironie, die er schicklicherweise hineinzulegen suchte, mit einem Wohlgefallen, stark genug, daß man es Freude, ja Glück hätte nennen können, – so stark in der Tat, daß von einem Kampf mit dem Spotte kaum noch die Rede sein konnte, sondern sichtbarlich für das dankbare Wohlgefallen der Sieg entschieden war. – Bei ihm hielt sich Mont-kaw, der Knebelbart, des Hauses Meier, und blickte mit seinen kleinen tränensackunterhangenen Augen, die sich gerötet hatten, verblüfft, ungläubig, dankbar und mit einer Anerkennung, welche schon mehr der Bewunderung glich, in das redende Gesicht seines Käuflings, – dieses Knaben, der etwas tat, was zu tun ihn selbst, den Vorsteher, Dienertreue, die Liebe zum edlen Herrn, gelehrt hatte, der es aber auf viel höhere, zartere und wirksamere Weise tat. – Da war ferner, hinter diesen, Dûdu, Gatte der Zeset, aufs würdigste verärgert darüber, daß der Herr seinem Mahnworte taub gewesen, und durch die Aufmerksamkeit, die dieser dem Jungsklaven schenkte, gehindert, eine neue Unterbrechung zu wagen und eine Unterhaltung zu beenden, bei welcher der Laffe offenbar sehr günstig abschnitt – und zwar zu seiner, des Ehezwerges, Verkürzung. Denn ihm war ganz, als ob des Sklaven unverschämte und gar nicht statthafte Reden, die der Herr trank wie Lebenswasser, in etwas seiner, des Zwerges, Würde Abbruch täten und zu entwerten geeignet seien, was den gediegenen Stolz seines Lebens und sein Übergewicht über gewisse kleine sowie gewisse große Leute ausmachte. – Die Kleinen angehend, so war da außerdem noch Gottliebchen, das Alräunchen, knittrig entzückt über seines Schützlings Erfolg, geschwellt von Genugtuung darüber, wie dieser den Augenblick zu nutzen verstand, beweisend, daß er mit Fug und Recht ihn herbeigesehnt. – Dazu standen die beiden Schreiber da, denen so etwas auch noch nicht vorgekommen und denen durch das beflissene Studium der

Mienen des Herrn und des Vorstehers sowie auch durch eigene Eindrücke das Lachen vergangen war. An seinem Baume aber vor dieser Gruppe von Zuhörern stand Joseph lächelnden Mundes und perorierte zauberhaft. Längst hatte er die sklavische Haltung gelöst, die ihn anfänglich gebunden, und stand da in angenehmer Freiheit, mit rednerisch einnehmenden Gebärden die Worte begleitend, die ihm flüssig und ungesucht, in heiterem Ernst von den Lippen gingen, auf höhere Empfängnis bezüglich und Zeugung des Geisteshauchs. Nicht anders stand er da im dämmernden Säulenbau dieses Baumgartens als im Tempel ein begeistertes Kind, in dem Gott sich verherrlicht und ihm die Zunge löst, daß es kündet und lehrt zum Staunen der Lehrer.

»Gott ist nur einmal«, so fuhr er freudig fort, »aber des Göttlichen ist viel in der Welt und der spendenden Tugend, die weder männlich noch weiblich, sondern erhaben ist übers Geschlecht und hat nichts zu schaffen mit der Zerrissenheit. Laß mich singen mit flinker Zunge, o Herr, da ich vor dir stehe, von solcher Tugend! Denn meine Augen wurden aufgetan im Traum, und sah eines gesegneten Hauses Wesen und ein Gehöfte der Wohlfahrt in fernem Lande, Häuser, Speicher, Gärten, Felder und Werkereien, Menschen und

Vieh ohne Zahl. Emsigkeit waltete da und Gelingen, Aussaat und Ernte geschahen, es feierten nicht die Ölmühlen, aus den Kufen der Kelterer strömte der Wein, fette Milch aus den Eutern und aus den Waben das süße Gold. Aber durch wen regte sich dieses alles in seiner Ordnung, geschah und gedieh? Ei, von wegen des Herrn an der Spitze, dem es zu eigen! Denn am Wink seiner Augen hing alles, und wie er den Odem einzog und ausgab, danach ging's vonstatten. Sprach er zu einem: ›Gehe!‹, so ging er, zu einem anderen: ›Tu das!‹, so tat er's. Ohne ihn aber hätte nichts gelebt, sondern wäre verdorrt und gestorben. Von seiner Fülle nährte sich alles Gesinde und pries seinen Namen. Vater und Mutter zugleich war er dem Haus und der Wirtschaft, denn der Blick seines Auges war wie der Mondesstrahl, der da schwängert die Kuh, daß sie den Gott gebiert, seines Wortes Hauch wie der Wind, der den Fruchtstaub trägt von Baum zu Baum, und aus dem Schoß seiner Gegenwart quoll all Beginnen und Gedeihen wie aus den Waben das Honiggold. Also träumte mir von spendender Tugend, fern von hier, daß ich erführe, es gebe Zeugung und Fruchtbarkeit, die nicht irdisch ist nach Art und Geschlecht und nicht vom Fleische, sondern göttlich und geistig. Siehe, da streiten die Völker, ob der fruchtende Baum männlich zu nennen sei oder der stäubende, und sind sich in der Rede nicht einig. Warum aber sind sie's nicht? Weil das Wort Geist ist, und weil strittig werden die Dinge im Geiste. Ich sah einen Menschen – greulich war der dir, o Herr, von Körperpracht und schrecklich von Kraft des Fleisches, ein Recke und Enakssohn, und seine Seele war rindsledern. Er zog aus gegen den Löwen und schlug den Wildstier, das Krokodil und das Nashorn und brachte sie alle zur Strecke. Fragte man ihn aber: ›Hast du keine Furcht?‹, so antwortete er: ›Was ist das, die Furcht?‹ Denn er kannte sie nicht. Aber ein ander Menschenkind sah ich in der Welt, das war zart in der Seele, wie er's am Fleische war, und fürchtete sich. Da nahm er Schild und Spieß und sprach: ›Komm an, meine Furcht!‹ Und schlug den Löwen, den Wildstier, das Krokodil und das Nashorn. Wolltest du, Herr, nun prüfen deinen Knecht, und es fiele dir ein, ihn zu fragen, welchem von diesen beiden der Mannesname gebühre vor dem anderen, – vielleicht, daß Gott mir die Antwort gäbe.«

Potiphar stand an seinem hohen Spazierstabe, ein wenig vornübergeneigt, eine angenehme Wärme in Haupt und Gliedern. Ein solches Wohlgefühl, hieß es, hatten Leute empfunden, zu denen in der Gestalt eines Wanderers oder Bettlers oder irgendeines Verwandten oder Bekannten ein Gott sich gesellt, um Zwiesprache mit ihnen zu halten. Sie hatten ihn, sagte man, daran erkannt oder doch einen glücklichen Verdacht daraus geschöpft. Das eigentümliche Wohlgefühl, das sie durchströmte, war diesen Leuten ein Merkmal gewesen, daß derjenige, der mit ihnen sprach, zwar ein Wanderer oder Bettler oder der und der Bekannte oder Verwandte sei und daß sie dieser Wirklichkeit gesunden Sinnes Rechnung zu tragen und sich ihr gemäß zu benehmen hätten, aber – eben in Anbetracht des auffallenden Wohlgefühls – unter Berücksichtigung gleichzeitig darüber hinausgehender Möglichkeiten. Gleichzeitigkeit ist die Natur und Seinsart aller Dinge, ineinander vermummt erscheinen die Wirklichkeiten, und nicht weniger ist der Bettler ein Bettler, weil möglicherweise ein Gott sich in ihn verstellt. Ist nicht der Strom ein Gott, von Stiergestalt oder auch von der eines bekränzten Mannweibes mit doppelartiger Brust, hat er das Land nicht geschaffen, und nährt er es nicht? Das hindert nicht ein sachliches Verhalten zu seinem Wasser, nüchtern gleich diesem: man trinkt's, man befährt es, man wäscht sein Leinen darin, und nur das Wohlgefühl, das man empfindet beim Trinken und Baden, mag einer Mahnung an höhere Gesichtspunkte gleichkommen. Zwischen Irdischem und Himmlischem ist die Grenze fließend, und nur ruhen zu lassen brauchst du dein Auge auf einer Erscheinung, damit es sich breche ins Doppelsichtige. Auch gibt es Zwischen- und Vorstufen des Göttlichen, Andeutungen, Halbheiten, Übergänge. In dem, was der Jüngling am Baum über sein Vorleben ausgesagt, war mehreres Vertraute, schelmisch Erinnernde und Anmahnende gewesen, das in gewissem Grade als literarische Reminiszenz anzusehen sein mochte, wovon aber schwer zu sagen war, wieweit es auf willkürlicher Anordnung und Angleichung beruhen und wieweit im Sachlichen begründet sein mochte: Züge, die das Leben ins Göttliche übergehender, heilbringender, tröstender und errettender Wohltätergestalten kennzeichneten. Der junge Gärtner kannte diese Züge; er hatte sie sich geistig zu eigen gemacht und seine persönlichen Lebensangaben damit in Einklang zu setzen gewußt. Das konnte ein Werk seines zitierenden Witzes sein; daß aber auch die Dinge selbst und von sich aus ihm mindestens dabei zu Hilfe gekommen waren, dafür sprach Potiphars auffallendes Wohlgefühl. Er sagte:

»Geprüft, mein Freund, habe ich dich schon,

und du hast die Prüfung nicht übel bestanden. Von einer jungfräulichen Geburt kann aber nicht wohl die Rede sein«, setzte er freundlich belehrend und ermahnend hinzu, »nur weil die Geburt im Zeichen der Jungfrau steht. Merke dir das.« Er sagte es aus gesundem Sinn für die praktisch ihm zugewandte Seite der Wirklichkeit und gleichsam, um den Gott nicht merken zu lassen, daß er ihn erkannte. »Feiere nun«, sagte er, »den Abend mit deinen Gesellen und nimm bei neuer Sonne den Dienst wieder auf an meinen Bäumen.« Damit wandte er sich geröteten Angesichts und lächelnd zum Gehen, brachte aber nach zwei Schritten die Seinen, die ihm auf den Fersen folgen wollten, noch einmal zum Stehen, indem er wieder haltmachte und, um nicht die Schritte zurücktun zu müssen, Joseph vor sich hinwinkte.

»Wie heißt du?« fragte er. Denn so zu fragen hatte er vergessen.

Nicht ohne jene Pause voranzuschicken, die nicht gut dem Nachdenken gelten konnte, antwortete dieser mit ernstem Aufblick:

»Osarsiph.«

»Gut«, erwiderte der Wedelträger rasch und kurz und nahm beschleunigt seinen Gang wieder auf. Beschleunigt waren auch seine Worte, als er (das Zwerglein Gottlieb hörte es und gab noch in der Stunde dem Joseph Nachricht davon) im Gehen zu Mont-kaw, seinem Hausmeier, sagte:

»Das ist ein ausnehmend kluger Diener, den ich da prüfte. Ich glaube wohl, daß der Baumdienst bei ihm in guten Händen ist. Sehr lange aber, dünkt mich, wird man ihn nicht festhalten dürfen bei diesem Geschäft.«

»Du hast gesprochen«, antwortete Mont-kaw und wußte, was er zu tun hatte.

Joseph tut Leib- und Lesedienst

Kennt man das Lächeln und Augenniederschlagen unterer Leute, wenn einem aus ihrer Mitte, von dem sie's am wenigsten gedacht, mit scheinbarer Ungerechtigkeit das Haupt erhoben wird, ohne daß sie's begreifen, und wird abberufen zu Höherem? Dies Lächeln, einander Ansehen und Niedersehen, betreten, boshaft, neidisch und auch wieder nachsichtig, ja halb entzückt einwilligend in die Laune des Glücks und der Oberen, nahm Joseph in jener Zeit alle Tage wahr: zuerst gleich damals im Garten, als es hieß, Mont-kaw wolle ihn sehen – gerade ihn unter allen, den Kletterjungen und Baumbestäuber –, und dann immer wieder. Denn nun ging es an, und das Haupt wurde ihm erhoben auf mehrfache Weise: daß er Potiphars nächster Diener ward und dieser danach allmählich sein ganzes Haus unter des Ebräers Hände tat, wie die Geschichte es aufstellt, das war schon alles vorbereitet und keimweise enthalten in den Worten Mont-kaws und in dem Bunde, den er mit Joseph geschlossen, und war fix und fertig darin wie der langsam und jahrweise wachsende Baum es ist in dem Keime, so daß es nur Zeit brauchte, sich zu entfalten und zu erfüllen.

Joseph also bekam den Silberschurz und den Blumenkranz, welche die Liefertracht der Darreichenden ausmachten im Speisegemach und in denen er, wie kaum gesagt zu werden brauchte, überaus günstig aussah. Denn so mußten diejenigen aussehen, die dem Petepré und den Seinen beim Speisen aufwarten durften; aber dieser Sohn einer Lieblichen stach noch durch höheren Schimmer, der nicht rein leiblich war, sondern worin Geistiges und Körperliches sich vermählten und einander erhoben, unter ihnen hervor.

Er ward angestellt hinter Petepré's Stuhl auf der Estrade, oder vielmehr zuerst bei der steinernen Plattform an der entgegengesetzten Schmalseite, wo auch die Wand mit steinernen Platten belegt war und ein Krug und Becher aus Erz ihren Platz hatten. Denn wenn die erlauchte Familie eintrat zur Mahlzeit, sei es von der Nordhalle her oder der westlichen, so mußte ihr auf dieser Erhöhung, zu der eine Stufe führte, Wasser über die Hände gegossen sein; und Josephs Teil war es, das Wasser über Potiphars kleine und weiße, mit Siegel- und Käferringen geschmückten Hände zu gießen und ihm das wohlriechende Tuch zum Trocknen zu reichen. Während aber der Herr sich trocknete, mußte er sachten Fußes über die Matten und bunten Wirkläufer des Saales hin zum erhöhten Tritt gegenüber eilen, wo die Sessel der Herrschaft waren, der heiligen Eltern vom Oberstock sowie ihres Sohnes und Mut-em-enets, der Herrin. Hinter Potiphars Stuhl mußte er treten, den Herrn dort erwarten und ihn bedienen mit dem, was andere Silbergeschürzte ihm zureichten. Denn Joseph lief weiter nicht hin und her, die Dinge zu holen und wegzutragen, sondern andere gaben sie ihm, und er bot sie Pharao's Freunde, so daß dieser alles, was er wählte und aß, aus seinen Händen nahm.

Das Speisegemach war hoch und licht, obgleich der Tag nicht unmittelbar, sondern nur von den anstoßenden Räumen her, besonders der westlichen Außenhalle, durch die sieben Türen hereinfiel, die es hatte, und durch die Fenster darüber, die schöndurchbrochene Steinplatten waren. Aber die Wände waren sehr weiß und verstärkten den Tag, von gemalten Friesen umlaufen unter der ebenfalls weißen und von himmelblauem Gebälk durchzogenen Decke, an welches die bunten Häupter der hölzernen, blau bemalten, auf weißen Rundbasen stehenden Säulen des Saales stießen. Die himmelblauen Holzsäulen waren eine schöne Zierde, und zierlich und schön, voll heiteren Schmuckes und Überflusses war alles in Potiphars täglichem Eßzimmer: die Sitze der Herrschaft aus Ebenholz und Elfenbein, geschmückt mit Löwenköpfen und mit gestickten Daunenkissen belegt, die edlen Lampenträger und Dreifüße zum Räuchern an den Wänden, die Standschalen, Salburnen und breitgehenkelten, blumenumwundenen Weinkrüge in ihren Gestellen und was sonst an Gerät und Zubehör vornehmer Bedienung in der Halle erglänzte. In ihrer Mitte stand eine umfängliche Anrichte, hochauf bedeckt, wie Amuns Opfertisch, mit Speisen, von denen die verbindenden Diener den unmittelbar aufwartenden zureichten und deren es viel zu viele waren, als daß sie von den vier Erhabenen auf der Estrade nur annähernd hätten verzehrt werden können: mit Röstgänsen, Bratenten und Rindskeulen, Gemüsen, Kuchen und Broten, mit Gurken, Melonen und syrischem Obst in üppiger Schaustellung. Ein kostbarer Tafelaufsatz aus Gold tat sich inmitten der Eßwaren hervor, ein Neujahrsgeschenk Pharao's an Petepré, darstellend ein Tempelhaus unter fremden Bäumen, in deren Zweigen Affen kletterten.

Gedämpftheit herrschte im Saal, wenn Petepré und die Seinen zu Tische saßen. Die bloßen Sohlen der Dienenden blieben unhörbar auf den Belagen, und das Gespräch der Herrschaft war spärlich und leise vor wechselseitiger Ehrfurcht. Schonend beugten sie sich gegeneinander, gaben der eine dem andern in den Pausen des Speisens die Lotusblüte zu riechen, führten sich auch wohl wechselseitig einen Leckerbissen zum Munde, und die zarte Behutsamkeit eines jeden gegen den anderen war beängstigend. Die Sessel waren paarweise aufgestellt, mit einigem Freiraum dazwischen. Petepré saß an der Seite derer, die ihn geboren, und Mut, die Herrin, neben dem alten Huij. Nicht immer war diese anzusehen, wie sie dem Joseph auf dem Hofe zuerst erschienen, da sie vorüberschwebte, mit goldbestäubten Pudellocken, die ihr eigen Haar waren. Oft trug sie eine bis weit über die Schultern herabhängende Kunstperücke, blau, blond oder braun, in ganz kleinen Löckchen gearbeitet, mit Drehfransen unten besetzt und gekrönt mit einem anliegenden Kranzgeschmeide. Die Haartour, halb einem sphinxhaften Kopftuch gleich, war herzförmig ausgebuchtet über der weißen Stirne, und ein paar Strähnen oder Quasten, mit deren einer die Frau zuweilen spielte, hingen beiderseits an den Wangen davon herunter, noch eigens das eigentümliche Antlitz einfassend, in welchem die Augen sich mit dem Munde stritten; denn jene waren streng, finster und langsam beweglich, dieser aber geschlängelt und seltsam vertieft in den Winkeln. Die bloßen und weißen, wie von Ptachs Künstlern gemeißelten und polierten, man konnte wohl sagen: göttlichen Arme, mit denen die Herrin beim Speisen hantierte, waren nahebei nicht weniger bemerkenswert als von ferne gesehen.

Pharao's Freund aß viel mit seinem zierlichen Munde, von allem Angebotenen, denn einen Fleischesturm hatte er zu unterhalten. Auch mußte man ihm mehrmals bei jeder Mahlzeit aus der langhalsigen Kanne den Becher füllen, denn der Wein erwärmte ihm wohl das Gefühl seiner selbst und ließ ihn glauben, daß er trotz jenem Hor-em-heb ein rechter und wirklicher Truppenoberst sei. Die Herrin dagegen, von einer zieren und auch sehr gezierten Leibsklavin umschwebt, an der es wie Spinnweb so dünn herunterfloß, worunter sie (daß nur Jaakob, der Vater, es nicht gesehen hätte!) so gut wie nackend war, – Mut-em-enet also bewies wenig Eßlust, also daß sie nur zu kommen schien, weil's einmal Sitte und Zeremonie war: sie nahm eine Bratente, biß einmal obenhin in ihre Brust, ohne den Mund viel zu öffnen, und warf sie ins Becken. – Nun gar die heiligen Eltern, denen die törichten kleinen

Mädchen aufwarteten (denn sie ertrugen und duldeten keine erwachsene Bedienung) – diese quengelten und mängelten nur so herum und saßen ebenfalls nur aus Kultur zu Tische, da sie mit zwei oder drei Bissen von irgendeinem Gemüse oder Backwerk genug hatten und namentlich der alte Huij immer besorgen mußte, daß sich gegen Weiteres sein Magen aufheben möchte zu kaltem Schweiß. – Manchmal saß Bes-em-heb, Gottlieb, der ledige Zwerg, auf dem Stufentritt zur Estrade, knabbernd zu Füßen der Herrschaft, obgleich er eigentlich seine Mahlzeiten an einer Art von Marschallstafel nahm, an der auch Mont-kaw selbst, Dûdu, der Vorsteher der Schmuckkästen, Glutbauch, der Obergärtner, und ein paar Schreiber, kurz, die gehobene Dienerschaft des Hauses, und bald auch Joseph, genannt Osarsiph, der chabirische Leibsklave, sich sättigten; – oder der Spottwezir führte in seinem Knitterstaat um die große Anrichte herum schnurrige Tänze auf. In einem entfernten Winkel kauerte meistens ein alter Harfenspieler, der mit dürren Krummfingern sacht in die Saiten griff und undeutliche Murmellieder sprach. Er war blind, wie es sich für einen Sänger gehörte, und konnte auch etwas weissagen, obwohl nur stockend und ungenau.

So ging es zu bei Peteprê's täglichen Mahlzeiten. Oft war der Kämmerer im Palaste Merima't jenseits des Stromes, bei Pharao, oder er begleitete den Gott auf der königlichen Barke nilauf- oder abwärts zur Besichtigung von Steinbrüchen, Bergwerken und Land- oder Wasserbauten. In solchen Tagen entfiel der Speisedienst, und leer lag der blaue Saal. War aber der Herr zugegen und die Mittagsmahlzeit unter vielen Bekundungen gegenseitigen Zartgefühls beschlossen, worauf die heiligen Eltern sich wieder hinaufstützen ließen in den Oberstock und ihre Schwieger; die Mondnonne, sich entweder in das Ruhegemach begab, das im Haupthause ihr gehörte und von dem Schlafzimmer ihres Gemahls durch die große Nord-Säulenhalle getrennt war, oder zwischen Vorantritt und Gefolge auf ihrer Löwentrage ins Haus der Abgeschlossenen zurückkehrte, – so mußte Joseph dem Potiphar in eine der anstoßenden Hallen folgen, luftige Räume mit gemalten Nischen an ihren drei Wänden und offen vorn zwischen leichten Pfeilern: jene nördliche, breit vorgelagert dem Speise- und dem Empfangszimmer, oder die westliche, die noch schöner war, weil sie auf den Garten, die Bäume des Gartens und das erhöhte Lusthäuschen blickte. Dagegen hatte die andere den Vorteil, daß der Herr von dort den Wirtschaftshof, die Speicher und Ställe überblicken konnte. Auch war sie kühler.

Hier wie dort gab es viele herrliche Gegenstände, die Joseph mit dem Gemisch aus Bewunderung und zweifelndem Spott betrachtete, womit er die Hochgesittung Ägyptenlandes ins Auge faßte: Geschenke von Pharao's Huld an seinen Kämmerer und Titelobersten, von denen das goldene Wunderwerk im Speisezimmer ein Beispiel war und die auf Truhen und Wandborde verteilt und an den Wänden aufgehängt waren, – kleine Statuen, in Silber und Gold ausgeführt oder aus Ebenholz und Elfenbein, welche alle den königlichen Spender, Neb-ma-rê-Amenhotpe, einen fetten und untersetzten Mann, in unterschiedlichen Ornaten, Kronen und Haartrachten zeigten; erzene Sphinxe, die ebenfalls den Kopf des Gottes trugen; allerlei Kunstwerke in Tiergestalt, wie etwa eine laufende Elefantenherde, hockende Paviane oder eine Gazelle mit Blumen im Maul; kostbare Gefäße, Spiegel, Wedel und Peitschen; vor allem aber Waffen, Kriegswaffen in großer Zahl und von allen Arten: Beile, Dolche und Schuppenpanzer, Schilde, mit Fellen bespannt, Bogen und bronzene Sichelschwerter; und man wunderte sich, wie doch Pharao, der zwar der

Nachfolger großer Eroberer, aber für seine Person kein Mann der Schlachten mehr, sondern ein ewig planender Bauherr und reicher Friedensfürst war, seinen Höfling dermaßen mit Kriegsgerät hatte überschütten mögen – diesen Rubenturm, dessen Verfassung auch nicht darauf gerichtet schien, unter den Gummiessern und Sandbewohnern Blutbäder anzurichten.

Schöne und bildlich ausgestattete Bücherschreine waren auch unter den Einrichtungsgegenständen der Hallen, und während Potiphar seine Fleischesmasse auf einem Edelbettchen ausstreckte, das, zierlich schon an sich selbst, unter ihm noch gebrechlicher wirkte, trat Joseph vor solchen Behälter hin, um Vorschläge zu machen von wegen der Lesung: ob er die Abenteuer des Schiffbrüchigen entrollen sollte auf der Insel der Ungeheuer; die Geschichte von König Chufu und jenem Dedi, der einen abgehauenen Kopf wieder aufsetzen konnte; die wahre und zutreffende Geschichte von der Eroberung der Stadt Joppe dadurch, daß Thuti, der große Offizier Seiner Majestät Mencheper-Rê-Tutmose's des Dritten, fünfhundert Krieger in Säcken und Körben hatte hineinbringen lassen; das Märchen vom Königskind, dem die Hathoren geweissagt hatten, es werde durch ein Krokodil, eine Schlange oder einen Hund zu Tode kommen – oder was sonst. Die Auswahl war bedeutend. Petepré besaß eine schöne und vielseitige Bücherei, die sich auf die Schreine der beiden Hallen verteilte und sich teils aus unterhaltenden Einbildungen und scherzhaften Fabeln zusammensetzte, gleich dem »Kampf der Katzen und Gänse«, teils aus dialektisch anregenden Schriften von der Art des streitbaren und scharfen Briefwechsels zwischen den Schreibern Hori und Amenemone, aus religiösen und magischen Texten und Weisheitstraktaten in dunkler und künstlicher Sprache, Königsverzeichnissen von den Zeiten der Götter an bis zu denen der fremden Hirtenkönige mit Angabe der Regierungszeit eines jeden Sonnensohnes und Annalen geschichtlicher Denkwürdigkeiten einschließlich außerordentlicher Steuererhebungen und wichtiger Jubiläen. Es fehlte nicht das »Buch vom Atmen«, das Buch »Vom Durchschreiten der Ewigkeit«, das Buch »Es blühe der Name« und eine gelehrte Ortskunde des Jenseits.

Potiphar kannte das alles genau. Wenn er lauschte, so war es, um das Bekannte wiederzuhören, wie man Musik wiederhört. Solches Verhalten zu dem Gebotenen lag um so näher, als es bei der großen Mehrzahl dieser Schriftwerke aufs Sachliche und auf die Fabel fast gar nicht ankam, sondern alles Schwergewicht auf den Reizen des Stils, der Seltenheit und Eleganz der Redeformen lag. Joseph, seine Füße unter sich gezogen oder an einer Art von liturgischem Lesekatheder stehend, trug ausgezeichnet vor: fließend, exakt, scheinbar ohne Anspruch, mit mäßiger Dramatik und so natürlicher Beherrschung des Wortes, daß das Schwierigste, Schriftlichste auf seinen Lippen das Gepräge improvisatorischer Leichtigkeit und einer plauderhaften Mundgerechtheit gewann. Er las sich buchstäblich in das Herz seines Zuhörers hinein, und zu näherem Verständnis seines nur der Tatsache nach bekannten Aufstieges in des Ägypters Gunst sind diese Lesestunden keineswegs außer acht zu lassen.

Oft übrigens entschlummerte Potiphar bald überm Lauschen, eingelullt von der spröden, doch angenehmen Stimme, die so eben und klug zu ihm sprach. Oft auch wieder mischte er sich wachsam in die Lektüre ein, verbesserte Josephs Aussprache, machte sich selbst und den Vorleser auf den Kunstwert einer rhetorischen Floskel aufmerksam oder übte literarische Kritik an dem Vernommenen, dessen Meinung er, wenn sie dunkel war, auch wohl mit Joseph erörterte, höchst angetan von des Jünglings Scharfsinn und exegetischer Anlage. Eine persönliche und gefühlsmäßige Neigung für bestimmte Erzeugnisse der schönen Kunst trat mit der Zeit bei dem Herrn hervor: zum Beispiel die Vorliebe für das »Lied des Lebensmüden zum Lob des Todes«, das er sich, wie die Tage von Josephs Lesedienst sich mehrten, oft und immer wieder von diesem vorsprechen ließ und worin der Tod mit vielen guten und zärtlichen Dingen sehnsüchtig-gleichmäßigen Tonfalls verglichen wurde: mit der Genesung nach schwerer Krankheit, dem Duft von Myrrhen und Lotusblumen, dem Sitzen unterm Schutzsegel an windigem Tage, einem kühlen Trunk am Gestade, einem »Wege im Regen«, der Heimkehr eines Matrosen im Kriegsschiff, dem Wiedersehen mit Haus und Herd nach vielen Jahren der Gefangenschaft und anderen Wünschbarkeiten mehr. So wie dies alles, sagte der Dichter, stehe vor ihm der Tod; und Potiphar lauschte seinen von Josephs sorgfältig formenden Lippen kommenden Worten, wie man einer Musik lauscht, die man genauestens kennt.

Ein anderes Literaturstück, das ihn fesselte und öfters vor ihm gesprochen sein mußte, war die finstere und schauderhafte Prophezeiung einreißender Unordnung in den beiden Ländern und wilder Herrschaftslosigkeit in ihrem Endgefolge, einer greulichen Umkehrung aller Dinge, also daß die Reichen arm und die Armen reich sein würden, welcher Zustand mit der Verödung der Tempel, der völligen Vernachlässigung jedes Gottesdienstes Hand in Hand gehen sollte. Warum Petepré diese Aufzeichnung eigentlich so gern hörte, blieb ungewiß; vielleicht nur des Schauders wegen, der angenehm sein mochte, insofern vorläufig noch die Reichen reich und die Armen arm waren und es auch bleiben würden, wenn man Unordnung vermied und der Götter Opfergut speiste. Er äußerte sich nicht darüber, so wenig wie er je über das »Lied des Lebensmüden« etwas anmerkte, und auch über die sogenannten »Erfreuenden Lieder«, als welches Honigworte und Liebesklagen waren, beobachtete er Schweigen. Diese Romanzen drückten die Leiden und Freuden der vernarrten kleinen Vogelstellerin aus, die nach dem Jüngling girrt und so dringlich wünscht, seine Hausfrau zu sein, damit immerdar sein Arm auf dem ihren liege. Komme er nicht zu ihr bei der Nacht, so klagte sie in honigsüßer Sprache, so werde sie wie eine sein, die im Grabe liegt, denn er sei Gesundheit und Leben. Aber es war ein Mißverständnis, denn auch jener für sein Teil legte sich in seinem Schlafzimmer nieder und machte die Kunst der Ärzte zuschanden mit seiner Krankheit, die Liebe war. Dann aber fand sie ihn auf seinem Lager, und nicht länger kränkten sie einander das Herz, sondern machten einander zu den ersten Leuten der Welt, Hand in Hand wandelnd mit heißen Wangen im Blumengarten ihres Glücks. Von Zeit zu Zeit einmal ließ Petepré sich das Gegirre lesen. Sein Gesicht war unbeweglich dabei, seine Augen, langsam im Raum hin und her gehend, zeigten ein aufmerksam-kaltes Lauschen, und niemals äußerte er Geschmack oder Mißfallen an den Liedern.

Wohl aber fragte er einmal, als die Tage zahlreich geworden waren, den Joseph, wie diesem die »Erfreuenden« zusagten, und das war das erstemal, daß Herr und Diener das Gebiet jenes Prüfungsgesprächs im Palmengarten schwebenden Fußes wieder streiften.

»Recht gut«, sagte Potiphar, »und gleichsam mit dem Munde der Vogelfängerin und ihres Knaben sprichst du mir ihre Lieder. Sie gefallen dir wohl vor anderen?«

»Mein Bestreben«, antwortete Joseph, »deine Zufriedenheit zu erwerben, mein großer Herr, ist bei allen Gegenständen das nämliche.«

»Das mag sein. Aber einem solchen Bestreben, denke ich mir, wird aus dem Geiste und Herzen des Lesenden eine mehr oder weniger wirksame

Unterstützung zuteil. Die Gegenstände stehen uns näher oder ferner. Ich will nicht sagen, daß du das Buch besser liest als anderes. Das braucht nicht zu hindern, daß du es lieber als anderes liest.«

»Vor dir«, sagte Joseph, »vor dir, mein Herr, lese ich gern, das eine wie das andere.«

»Ja, gut. Allein ich möchte dein Urteil hören. Du findest die Lieder schön?«

Es war eine abgebrühte und hochmütig prüfende Miene, die Joseph hier aufsetzte.

»Recht schön«, sagte er mit gerümpften Lippen. »Schön allenfalls und in Honig getaucht nach allen ihren Worten. Etwas zu einfältig indessen vielleicht; eine Spur zu sehr.«

»Einfältig? Aber das Werk der Schrift, welches das Einfältige vollkommen aussagt und meisterhaft darstellt das Musterhafte, wie es immer ist zwischen den Menschenkindern, das wird durch unzählige Jubiläen bestehen. Deine Jahre berufen dich, zu beurteilen, ob diese Reden das Musterhafte musterhaft wiedergeben.«

»Es mutet mich an«, erwiderte Joseph mit Abstand, »als ob die Worte dieser Netzestellerin und des bettlägrigen Jünglings das Musterhaft-Einfältige wohl recht zutreffend mitteilten und haltbar befestigten.«

»Mutet's dich nur so an?« fragte der Wedelträger. »Ich rechnete auf deine Erfahrung. Du bist jung und bist schön von Angesicht. Aber du sprichst, als wärest du niemals, für dein Teil, mit so einer Netzestellerin im Blumengarten gewandelt.«

»Jugend und Schönheit«, versetzte Joseph, »mögen auch wohl einen strengeren Schmuck bedeuten als den, womit jener Garten die Menschenkinder kränzt. Dein Sklave, Herr, weiß ein Immergrün, das ein Gleichnis der Jugend und Schönheit ist und ein Opferschmuck auch zugleich. Wer es trägt, der ist aufgespart, und wen es schmückt, der ist vorbehalten.«

»Du sprichst von der Myrte?«

»Von ihr. Die Meinen und ich, wir nennen sie wohl das Kräutlein Rührmichnichtan.«

»Trägst du dies Kräutlein?«

»Mein Same und Geschlecht, wir tragen es. Unser Gott hat sich uns verlobt und ist uns ein Blutsbräutigam voller Eifer, denn er ist einsam und brennt auf Treue. Wir aber sind wie eine Braut seiner Treue, geweiht und aufgespart.«

»Wie, ihr alle?«

»Grundsätzlich alle, mein Herr. Aber unter den Häuptern und Gottesfreunden unseres Geschlechts pflegt Gott sich einen auszuersehen, der ihm verlobt sei noch besonders im Schmucke geweihter Jugend. Dem Vater wird's zugemutet, daß er den Sohn darbringe als Ganzopfer. Kann er's, so tut er's. Kann er's nicht, so wird's ihm getan.«

»Ich kann nicht gut davon hören«, sagte Potiphar, sich auf seinem Lager hin und her wendend, »daß einem etwas getan wird, was er nicht will und nicht kann. Sprich, Osarsiph, von etwas anderm!«

»Ich kann es gleich abmildern, das Gesagte«, versetzte Joseph, »denn einige Nachsicht und Erbittlichkeit walten wohl ob beim Ganzopfer. Da's nämlich geboten ist, ist's auch verwehrt und zur Sünde gesetzt, also daß das Blut eines Tieres eintreten soll für das Blut des Sohnes.«

»Was für ein Wort brauchtest du da? Gesetzt – wozu?«

»Zur Sünde, mein großer Herr. Zur Sünde gesetzt.«

»Was ist das – die Sünde?«

»Ebendies, mein Gebieter: Was gefordert ist und doch verwehrt, geboten, aber verflucht. Wir wissen's so gut wie allein in der Welt, was die Sünde ist.«

»Das muß ein beschwerlich Wissen sein, Osarsiph, und scheint mir ein leidvoller Widerspruch.«

»Gott leidet auch um unserer Sünde willen, und wir leiden mit ihm.«

»Und wäre«, fragte Potiphar, »wie ich anfange zu vermuten, auch wohl das Wandeln im Garten der Netzestellerin nach euerem Sinn eine Sünde?«

»Es hat einen starken Einschlag davon, mein Herr. Wenn du mich fragst – entschieden, ja. Ich kann nicht sagen, daß wir es sonderlich lieben, obgleich wir solche Lieder wie die ›Erfreuenden‹ zur Not wohl auch noch zustande brächten. Der Garten da – nicht daß er uns Scheolsland wäre geradezu, ich will nicht zu weit gehen. Er ist uns kein Greuel, doch eine Scheu und ein dämonisch Bereich, ein Spielraum verfluchten Gebotes, von Gottes Eifersucht voll. Zwei Tiere liegen davor: ›Scham‹ heißt das eine, das andere ›Schuld‹. Und noch ein drittes blickt aus den Zweigen, des Name ist ›Spottgelächter‹.«

»Nach alldem«, sagte Petepré, »fange ich an zu verstehen, warum du die ›Erfreuenden Lieder‹ einfältig heißt. Dennoch kann ich nicht ganz umhin, zu denken, daß es sonderbar steht und lebensgefährlich um ein Geschlecht, dem das Musterhaft-Einfältige eine Sünde ist und ein Spottgelächter.«

»Es hat seine Geschichte bei uns, mein Herr, es steht an seinem Platze in der Zeit und in den Geschichten. Das Musterhafte ist zuerst, und dann geht's mehrfältig zu. Es war ein Mann und Gottesfreund, der hing einer Lieblichen an so stark, wie er Gott anhing, und war eine musterhafte Einfalt mit dieser Vätergeschichte. Gott aber nahm sie ihm im Eifer und tauchte sie in den Tod, daraus sie dem Vater hervorging in anderer Beschaffenheit, nämlich als Jüngling-Sohn, in dem er nun liebte die Liebliche. Also hatte der Tod aus der Geliebten den Sohn gemacht, in dem sie lebte und der ein Jüngling war nur kraft des Todes. Aber die Liebe des Vaters zu ihm war eine durch das Todesbad gewandelte Liebe, – Liebe, nicht mehr in Lebens-, sondern in Todesgestalt. Da sieht mein Herr, daß es schon mehrfältiger zuging in der Geschichte auf allen Seiten und weniger mustergültig.«

»Der Jüngling-Sohn«, sagte Potiphar lächelnd, »war wohl derselbe, von dem du zu weitgehenderweise sagtest, seine Geburt sei jungfräulich gewesen, nur weil sie im Zeichen der Jungfrau geschah?«

»Vielleicht bist du, Herr, in deiner Güte geneigt«, erwiderte Joseph, »nach dem Gesagten den Vorwurf zu mildern oder ihn gnädig aufzuheben sogar – wer weiß? Denn da der Sohn ein Jüngling nur ist durch den Tod, die Mutter in Todesgestalt, und ist, wie's geschrieben steht, am Abend ein

Weib, am Morgen aber ein Mann, – kann da nicht, wenn du's erwägst, von Jungfräulichkeit mit allerlei Fug die Rede sein? Gott hat erwählt meinen Stamm, und alle tragen den Opferschmuck der Verlobten. Aber der eine trägt ihn noch einmal und ist vorbehalten dem Eifer.«

»Lassen wir's«, sagte der Kämmerer, »auf sich beruhen, mein Freund. Wir sind weit abgekommen im Plaudern vom Einfältigen aufs Mehrfältige. Wenn du drum bittest und einkommst, so will ich den Vorwurf wohl mildern, ja ihn zurückziehen bis auf ein Restchen. Lies mir nun etwas anderes! Lies mir die Nachtfahrt der Sonne durch die zwölf Häuser der Unterwelt – das hörte ich lange nicht, obgleich einige sehr schöne Sprüche und erlesene Worte darin eingefaßt sind nach meiner Erinnerung.«

Und Joseph las die Unterweltsreise der Sonne mit großem Geschmack, so daß Potiphar unterhalten war: das Wort ist am Platze, denn unterhalten wurde durch des Lesenden Stimme und durch das Vorzügliche, dem er sie lieh, das Wohlgefühl, mit dem das vorige Gespräch den Zuhörer erfüllt hatte, – unterhalten, wie man die Flamme des Opfersteins unterhält, indem man sie speist von unten und Gutes hineinstreut von oben, – dies Wohlgefühl, das der ebräische Sklave dem

Freunde Pharao's immer aufs neue zu erregen wußte und das dem Vertrauen gleichkam, sei es dem in die eigene Person oder in die des Dieners. Auf das Vertrauen kommt's an, das Potiphar faßte zu Joseph in doppelter Hinsicht, und auf das Wachstum dieses Vertrauens, und es ist darum, daß wir auch dieses Zwiegespräch wenigstens noch, dessen in früheren Fassungen der Geschichte so wenig gedacht ist wie der Prüfung im Palmengarten, hier genau wiederhergestellt haben.

Wir können nicht alle Unterhaltungen anführen, in denen das Wohlgefühl dieses Vertrauens Nahrung erhielt und zu dem Grade unbedingter Vorliebe erstarkte, die Josephs Glück machte. Genug, daß wir mit einigen treffenden Beispielen seine Methode kennzeichnen, dem Herrn zu »schmeicheln« und ihm dienend »behilflich zu sein« gemäß dem Bunde, den er mit dem guten Mont-kaw geschlossen um Potiphars willen. Ja, ohne Furcht vor der Kälte, die davon ausgehen mag, können wir das Wort »Methode« hier einsetzen, da wir ja wissen, daß Berechnung und Herzlichkeit in Josephs Kunst, den Herrn zu behandeln, auf vollkommen verwandte Art ineinander liefen wie in seinem Verhältnis zu höheren Einsamkeiten. Kann denn auch, fragen wir außerdem, Herzlichkeit je ohne Rechenkunst und kluge Technik auskommen, wenn es ihre Verwirklichung gilt – beispielsweise in der Erzeugung vertrauenden Wohlgefühls? Selten ist Vertrauen unter den Menschen; aber bei Herren von Potiphars Fleischesbeschaffenheit, Titel-Herren mit einer Titel-Herrin an ihrer Seite, bildet ein allgemeines und unbestimmt eiferndes Mißtrauen gegen alle, denen nicht wie ihnen geschehen, sogar alles Lebens Grund, daher denn nichts so geeignet ist, sie mit dem ungewohnten und darum desto beglückenderen Gefühl des Vertrauens zu beschenken, wie die Entdeckung, daß einer aus der beeiferten Gesamtheit ein strenges Grün im Haare trägt, welches seine Person des üblichen beunruhigenden Charakters tröstlich entkleidet. Es war Berechnung, es war Methode, daß Joseph dem Potiphar diese Entdeckung gewährte. Wer aber meint, er müsse Anstoß nehmen daran, möge von dem Vorteil Gebrauch machen, daß er die Geschichte, die wir erzählen, schon kennt, und sich vorausschauend erinnern, daß Joseph das so erzeugte Vertrauen nicht etwa täuschte, sondern ihm im Sturm der Versuchung wahrhaftige Treue hielt, dem Bunde gemäß, den er mit Mont-kaw bei Jaakobs Haupt und nebenbei noch bei Pharao's Leben geschlossen.

Die Öffnung der Augen

Es ist bekannt, daß Mut nach gutgemeinter elterlicher Übereinkunft dem Sohne Huijs und Tuijs schon im zarten Kindesalter verlobt und vermählt wurde, was um der inneren Folge willen wieder erinnert zu werden verdient, daß sie an die formelle Natur ihres Eheverhältnisses von jeher gewöhnt war und der Augenblick, der ihr Stoffliches hätte lehren können, etwas daran zu vermissen, in fließendem Dunkel lag. Es ist nicht müßig, das zu bemerken: Dem Namen nach war ihre Jungfrauenschaft schon vor der Zeit aufgehoben worden – und dabei war es geblieben. Kaum wirklich schon eine Jungfrau, eher noch halbwüchsig, fand sie sich als verwöhntes Oberhaupt eines vornehmen Frauenhauses, Gebieterin jeder Üppigkeit, auf Händen getragen von der wilden Unterwürfigkeit nackter Mohrenmädchen und zärtlich katzbuckelnder Verschnittener, die Erste und Rechte unter fünfzehn anderen im Luxus dahinvegetierenden Landesschönheiten von sehr unterschiedlicher Herkunft, die selber alle zusammen einen bloßen und leeren Luxus, ein Ehren- und Schauzubehör des Segenshauses, den ungenießbaren Liebesstaat eines Hofämtlings bildeten. Königin dieser Träumenden und Schnatternden, die an ihren Brauen hingen, in Melancholie versanken, wenn sie traurig war, in befreites Gekakel ausbrachen, wenn sie sich heiter zeigte, und übrigens hirnloserweise sich wegen kleiner, nichtssagender Gunsterweisungen Petepré's, des Herrn, verzankten, wenn dieser, während Konfekt und Ambraschnaps gereicht wurde, in ihrer Mitte mit Mut-em-enet eine Ehrenpartie auf dem Spielbrett vollzog: Stern des Harems also, war sie zugleich das weibliche Haupt des Gesamthauses, Potiphars Gemahlin im engeren und höheren Sinn als jene Kebsen, die Herrin schlechthin, welche unter Umständen die Mutter seiner Kinder gewesen wäre, in des Anwesens Hauptgebäude nach Gefallen ein eigenes Gemach bewohnte (es war das östlich der Nordsäulenhalle gelegene, so daß diese, wo Joseph Lesedienst zu verrichten pflegte, die Zimmer der Gatten voneinander trennte); – die ferner bei den durch Tanz- und Musikdarbietungen verschönten Gastereien, welche Potiphar, Pharao's Freund, der oberen Gesellschaft Thebens in seinem Hause gab, die Wirtin und Hausfrau machte und mit ihm solche Feste in anderen Herrschaftshäusern, vor allem bei Hofe, besuchte.

Ihr Leben war angespannt und mit eleganten Pflichten dicht besetzt, – müßigen Pflichten, wenn man so will, aber die zehren nicht minder auf als bedeutende. Man weiß es aus allen Zivilisationen, wie sehr die Anforderungen des Gesellschaftslebens, der bloßen Kultur und ihrer überwuchernden Einzelheiten die Lebenskräfte vornehmer Frauen mit Beschlag belegen, so daß es überm Um und An der Form zum Eigentlichen, dem Leben der Seele und Sinne, wohl niemals kommen mag und eine kühle Leere des Herzens, entbehrungslos, soweit das Bewußtsein reicht, zur nicht einmal traurig zu nennenden Daseinsgewohnheit wird. In allen Zeiten und Zonen hat es dies Vorkommnis temperaturloser weiblicher Weltlichkeit gegeben, und man kann so weit gehen, zu sagen, daß es wenig dabei zur Sache tut, ob der Gemahl, an dessen Seite ein solches Groß-Damen-Leben verbracht wird, ein Truppenoberst wirklichen Sinnes oder nur nach dem Hoftitel ist. Das Ritual des Toilettentisches etwa bleibt gleich anspruchsvoll, ob es nun darauf abzielt, eines Gatten Begehren lebendig zu erhalten, oder ob es als Zweck seiner selbst, rein um der sozialen Pflicht willen geübt wird. Mut, wie jede ihrer Standesgenossinnen, widmete ihm täglich ganze Stundenfolgen. Bei seinem Vollzuge: der peinlich entwickelten Pflege ihrer emaillehaft schimmernden Finger- und Fußnägel; den Duftbädern, Enthaarungspraktiken, Salbungen und Knetungen, denen sie die Wohlgestalt ihres Körpers unterwarf; den heiklen Ausmalungen und Träufelungen, deren Gegenstand ihre ohnehin schönen, in der Iris metallblauen und in mancherlei Winken und Blinken geübten, durch die Hohe Schule der Schminktafel, des nachziehenden Spitzpinsels und blickversüßender Mittel aber zu wahren Kleinodien und Geschmeidestücken erhobenen Augen waren; dem Dienst ihrer Haare, der eigenen sowohl, die ein halbkurzes Gedränge glanzschwarzer und gern mit Blau- oder Goldpuder bestäubter Locken waren, sowie der verschieden gefärbten, in Zöpfen, Flechten, Tressen und befransten Perlengehängen gestalteten Perücken – hierbei wie bei der zartfingrigen Verpassung der blütenhaften Gewänder mit ihren gestickten und leierförmig gebügelten Hüftschärpenbändern und kleinlich gefältelten Schulterüberfällen, der Auswahl des auf Knien dargebotenen Schmuckes für Haupt, Brust und Arme: bei alledem hatten die nackten Mohrenmädchen, Friseur-Eunuchen und Schneiderzofen nichts zu lachen, und auch Mut lachte niemals dabei, denn eine Unachtsamkeit, ein leichtes Versäumnis in Dingen dieser

Kultur hätte das Gerede der schönen Welt, einen Bosheitsskandal bei Hofe hervorgerufen.

Es waren dann die Besuche bei gleichlebenden Freundinnen, zu denen sie sich tragen ließ oder die sie bei sich empfing. Es war der Dienst im Palaste Merimat, bei Teje, dem Gottesweibe, zu deren Ehrenstaat Mut gehörte, – sie trug den Wedel so gut wie Petepré, ihr Gemahl, und war gehalten, an den nächtlichen Wasserfesten teilzunehmen, die Amuns Empfängerin auf dem durch Pharao's Wort hervorgerufenen Kunstsee des königlichen Gartens veranstaltete und deren Schönheit in die sprühenden Tinten jüngst erfundener Buntfeuerfackeln getaucht war. Es waren ferner – der Name der Gottesgebärerin bringt uns darauf zurück – die vielerwähnten, fromm-bedeutenden Ehren-Obliegenheiten, in denen das Gesellschaftlich-Elegante ins Geistlich-Priesterliche überging und die wie keine anderen den hochmütig-strengen Ausdruck ihrer Augen bestimmten: die Pflichten also, die ihr aus ihrer Eigenschaft als Mitglied des Hathoren-Ordens und Haremsfrau Amuns, als Trägerin der Kuhhörner mit der Sonnenscheibe dazwischen, kurzum, als zeitweilige Göttin erwuchsen. Es ist sonderbar zu sagen, inwiefern diese Seite und Funktion von Eni's Leben dazu beitrug, die Weltkälte der großen Dame zu erhöhen und ihr das Herz leer zu halten von weicheren Träumen. Sie tat es im Zusammenhang mit der Titelhaftigkeit ihrer Ehe, – mit der sie an sich selbst gar keinen notwendigen Zusammenhang hatte. Amuns Frauenhaus war nicht im geringsten ein Haus der Unberührten. Enthaltsamkeit des Fleisches war dem Gottescharakter der Großen Mutter fern, die sich in Mut und ihren Genossinnen festlicherweise verkörperte. Die Königin, Gottes-Beischläferin und Gebärerin der Folgesonne, war Schutzherrin des Ordens. Seine Oberin war, wie schon da und dort erwähnt, eine Ehefrau, die Gattin von Amuns gewichtigem Groß-Propheten, und ganz überwiegend aus Ehefrauen, gleich Renenutet, der Gattin des Rindervorstehers (von ihrem weiteren Verhalten zu schweigen), setzte er sich zusammen. Nur insofern, in Wahrheit, hatte Muts Tempelamt mit ihrer Ehe zu tun, als sie das eine der anderen gesellschaftlich verdankte. Sie aber tat in ihrem Inneren auf eigene Hand das, was Huij, der Heisere, im Gespräch mit seiner greisen Bettschwester getan hatte: sie setzte ihr Priesterinnentum zu der Besonderheit ihrer Ehe in Beziehung, sie fand, ohne es geradezu in Worte zufassen, Mittel und Wege, zum Ausdruck zu bringen, daß sie es als sehr passend, ja als das eigentlich Rechte für eine Nebenfrau des Gottes erachte, wenn ihr irdischer Gemahl wie Peteprê beschaffen sei; sie wußte diese ihre Auffassung der Gesellschaft einzugeben und mitzuteilen, so daß rückwirkend diese ihr bei ihrer Aufrechterhaltung behilflich war und ihre Stellung im Kreis der Hathoren im Lichte der Gotteskeuschheit und Aufgespartheit sah, woraus viel mehr noch als aus Muts schöner Stimme und Tanzkunst sich die Vorzüglichkeit dieser Stellung, der hohen Oberin fast zur Seite, stillschweigend ergab. Das war das Werk ihres Gedankenwillens, der Gestalt annahm in der Welt und ihr die Über-Tröstungen schuf, nach denen es sie aus stummen Tiefen verlangte.

Eine Nymphe? Ein lockeres Frauenzimmer? Es ist wahrhaft zum Lachen. Eine elegante Heilige war Mut-em-enet, eine weltkühle Mondnonne, deren Lebenskräfte teils von einer anspruchsvollen Zivilisation verzehrt wurden, teils sozusagen Tempelgut waren und in geistlichem Stolze aufgingen. So hatte sie gelebt als Potiphars Erste und Rechte, hochgepflegt, auf Händen getragen, in ihrem Selbstgenügen bekräftigt durch allseitig-kniefällige Verehrung, von Wünschen aus jener Sphäre, die sich in ihrem Schlängelmund manifestierte, von Gänsewünschen, um es kurz und schlagend zu sagen, nicht einmal im Traume berührt. Denn es ist falsch, den Traum für Wild- und Freigebiet zu erachten, worin das tags Verpönte zu wuchernder Schadloshaltung sich beliebig hervortun dürfte. Was gründlich unbekannt ist der Wachheit und rein davon ausgesperrt, das kennt auch der Traum nicht. Die Grenze zwischen beiden Gebieten ist fließend und durchlässig; ein Seelenraum ist es, durch den sie unsicher läuft, und daß er für das Gewissen, den Stolz unteilbar ist, bewies die Verwirrung, bewiesen die Scham und die Panik, die Mut nicht erst beim Erwachen, sondern sogleich schon im Traume befielen, als sie zum erstenmal nächtens von Joseph träumte.

Wann geschah das? Man zählt die Lebensjahre nur lässig bei ihr zu Hause, und weitgehend abhängig von den Gewohnheiten der Welt unserer Erzählung, lassen auch wir uns mit beiläufigen Schätzungen genügen. Eni stand sicher um mehrere Jahre hinter ihrem Gemahl zurück, den man bei Josephs Ankauf als einen Mann Ende Dreißig kennengelernt hat und der unterdessen um rund sieben Jahre zugenommen hatte. Sie war also nicht etwa Mitte Vierzig, wie er, es fehlte viel daran; aber eine reife Frau war sie immerhin, dem Joseph an Jahren unleugbar voran – um wie viele, das auszuklügeln spüren wir Abneigung, und zwar aus moralischem Respekt vor einer hohen, weibliche Altersunterschiede fast einebnenden kosmetischen Kultur, deren Ergebnissen, sinnengültig wie sie sind, eine höhere Wahrheit zukommt als denen des Rechenstiftes. Seit Joseph die Herrin zuerst auf goldner Trage hatte vorüberschweben sehen, hatte er sich – und zwar im Sinne weiblicher Anteilnahme gesprochen – zu seinem Vorteil verändert, nicht aber sie, wenigstens für den nicht, der sie ununterbrochen seither gesehen. Wehe den Salbsklavinnen und Massage-Verschnittenen, wenn diese Jahre gegen ihren Wuchs etwas auszurichten vermocht hätten! Aber auch ihr Gesicht, das mit seiner Sattelnase und den eigentümlichen Schattenklüften der Wangen niemals eigentlich schön gewesen war, behauptete dieselbe Schwebe zwischen Übereinkunft und Naturlaune, Modeprägung und unregelmäßigem Reiz, in der es sich damals befunden; der leise beunruhigende Widerspruch aber zwischen Augen und Schlängelmund hatte sich in diesen Jahren noch deutlich verstärkt, und geneigt, im Beunruhigenden das Schöne zu sehen – es gibt diese Neigung –, konnte man sogar finden, daß sie unterdessen schöner geworden sei.

Andererseits war Josephs Schönheit zu dieser Frist dem Stadium vormännlicher Jugendanmut entwachsen, auf der wir sie seinerzeit zu würdigen hatten. Er war bei vierundzwanzig Jahren noch immer und erst recht zum Gaffen schön, aber seine Schönheit war über den Doppelreiz jener Frühe hinausgereift, sie bewahrte wohl ihre allgemein gewinnende Wirkung, hatte aber ihre Gefühlswirksamkeit viel entschiedener in einer Richtung, nämlich in der auf den weiblichen Sinn gesammelt. Dabei hatte sie sich, indem sie männlicher wurde, sogar veredelt. Sein Gesicht war die anmutig verfängliche Beduinenbubenphysiognomie von ehedem nicht mehr; es bewahrte Spuren davon, besonders wenn er, obgleich nichts weniger als kurzsichtig, die Rahelaugen nach Art der Mutter auf eine gewisse schleiernde Weise schmal zusammenzog, war aber voller, ernster, auch dunkler von Oberägyptens Sonne, dabei in den Zügen regelmäßiger, vornehmer geworden. Von den Veränderungen, die sich an seiner Figur und, ein Erzeugnis nicht nur der Jahre, sondern auch der Aufgaben, in die er hineingewachsen, in seinen Bewegungen, dem Klang seiner Stimme vollzogen hatten, wurde schon beiläufig Notiz genommen. Dazu aber kam, als Werk der Landeskultur, eine Verfeinerung seines Äußeren, die nicht außer acht gelassen werden darf, wenn seine damalige Erscheinung richtig vor Augen stehen soll. Man muß ihn sich in der weißen Linnentracht eines Ägypters gehobeneren Standes denken, bei der die Unterkleidung durch die obere schimmerte und deren weite und kurze Ärmel die an den Handgelenken mit Emailleringen geschmückten Unterarme frei ließen; den Kopf bedeckt bei strengeren Gelegenheiten – denn bei bequemeren zeigte er sein eigenes glattes Haar – mit einer leichten Kunstperücke, welche, die Mitte haltend zwischen Kopftuch und Haartour, aus bester Schafwolle, dem oberen Kopf in sehr feinen und gleichlaufend dichten Strähnen, ähnlich gerippter Seide, anlag und so auch in den Nacken reichte, aber von einer bestimmten, schräg laufenden Linie an die Faktur wechselte und in kleinen und ebenmäßigen, wie Dachziegel sich ineinanderschiebenden Löckchen auf die Schultern hinabfiel; um den Hals noch außer dem bunten Kragen eine aus Rohr und Gold gefertigte Flachkette, an der ein schützender Skarabäus hing; die Miene ein wenig ins hieratisch Bildmäßige verfremdet durch Künstlichkeiten, die er anpassungswillig in seine Morgentoilette aufgenommen hatte, eine ebenmäßig nachziehende Verstärkung der Brauen, eine lineare Verlängerung der oberen Augenlider gegen die Schläfen hin: so ging er, wohl einen langen Stab vor sich hinsetzend, als des Vorstehers oberster Mund durch die Wirtschaft, so fuhr er zu Markte, so stand er bei Tafel, den Dienern winkend, hinter Peteprê's Stuhl, – so sah ihn die Herrin, im Saal oder wenn er im Frauenhause erschien und etwa vor sie selber trat, um irgendeiner Verordnung wegen in unterwürfiger Haltung und Sprache vor ihr zu reden, – erst so sah sie ihn überhaupt; denn vorher, als nichtigen Käufling und noch zu Zeiten, da er dem Potiphar schon das Herz zu erwärmen gewußt, hatte sie ihn überhaupt nicht gesehen, ja, als er im Hause schon wuchs wie an einer Quelle, waren immer noch Dûdu's klagende Hinweise nötig gewesen, um ihr für seine Person die Augen zu öffnen.

Dabei war selbst diese Augenöffnung, vollzogen durch den Kalbsfuß der Zunge Dûdu's, noch weit entfernt von Vollständigkeit: strenge Neugier allein war der Sinn ihres Ausschauens nach dem Sklaven, von dessen anstößigem Wachstum im Hause sie hatte hören müssen. Das Gefährliche (wie man sich ausdrücken muß, wenn einem an ihrem Stolz, ihrer Ruhe gelegen ist) war nur, daß es eben Joseph war, auf den dabei ihre Augen trafen, dessen Augen den ihren sekundenweise dabei begegneten, – ein wirklich schwerwiegender Umstand, der dem kleinen Bes auf Grund seiner

Zwergenweisheit sofort die Angst und Ahnung eingeflößt hatte, daß der boshafte Dûdu hier etwas anrichte, was über seine Bosheit hinausging, und daß die Augenöffnung eine verderbliche Vollständigkeit gewinnen möchte. Eingeborene Schreckensfremdheit gegen Mächte, die er im Bilde des feuerschnaubenden Stieres sah, machte ihn empfänglich für solche Ahnungen. Joseph aber, aus sträflichem Leichtsinn – wir sind nicht willens, ihn in diesem Punkte zu schonen – hatte ihn nicht verstehen wollen und getan, als fasele der Wezir, ungeachtet, daß er im Grunde eines Sinnes mit dem Wispernden war. Denn auch er legte weniger Wert und Gewicht darauf, welchen Sinn die Augenblicke im Saale hatten, als vielmehr darauf, daß sie überhaupt stattfanden, und tat sich in seinem Herzen ein ganz Törichtes darauf zugute, daß er kein Stück im Raum mehr war für die Herrin, sondern daß sie persönlichen Blick für ihn hatte, wenn auch zornigen Blick. – Und unsere Eni?

Nun, diese war auch nicht klüger. Auch sie hätte den Zwerg nicht verstehen wollen. Daß sie mit Zorn und Strenge nach Joseph schaute, dünkte sie hinlängliche Entschuldigung dafür, daß sie überhaupt nach ihm schaute, – ein völliger Irrtum von Anfang an, verzeihlich, bevor sie wußte, wen sie sah, wenn sie sah, dann aber ein in immer wachsendem Maße freiwilliger und sträflicher Irrtum. Die Unglückliche wollte nicht bemerken, daß von der »strengen Neugier«, mit der sie nach ihres Gatten Leibdiener ausschaute, die Strenge allmählich abfiel und auch die übrigbleibende Neugier bald schon anderen, selig-unseligeren Namen verdiente. Sie bildete sich ein, an dem Gegenstand der Beschwerden Dûdu's, dem Ärgernis von Josephs Wachstum, sachlich starken Anteil zu nehmen; sie fühlte sich berechtigt und verpflichtet zu solcher Anteilnahme durch ihre religiöse oder, was dasselbe war, politische Stellung und Parteizugehörigkeit, durch ihre Verbundenheit mit Amun, der das Überhandnehmen eines chabirischen Sklaven im Hause als beleidigend empfinden und eine Nachgiebigkeit gegen Atum-Rê's asiatische Neigungen darin erblicken mußte. Die Schwere des Ärgernisses mußte herhalten, das Vergnügen zu rechtfertigen, das ihr die Beschäftigung damit gewährte und das sie Sorge und Eifer nannte. Die Fähigkeit des Menschen zum Selbstbetrug ist erstaunlich. Wenn Mut, von gesellschaftlichen Pflichten für eine kurze Sommer- oder längere Winterstunde frei, sich am Rande des viereckigen Wasserbeckens mit Buntfischlein und schwimmenden Lotuskelchen, welches in den Estrich der offenen Pfeilerhalle des Frauenhauses eingelassen war, auf ihrem Ruhebett ausstreckte, um nachzudenken, während an der Rückwand der Halle eine kleine Nubierin mit stark gefetteter Lockenfrisur kauerte, die die Gedanken der Herrin mit zartem Saitenspiel zu begleiten hatte, – so war sie überzeugt von ihrer Absicht, bei sich die Frage zu erörtern, wie trotz dem Eigensinn ihres Gatten und der abschweifenden Großartigkeit des Beknechons dem Übel zu steuern sei, daß ein Sklave von Zahi-Land, von den Ibrim einer, dermaßen im Hause wachse, und wegen der Wichtigkeit der Sache wunderte sie sich nicht darüber, daß sie sich auf das Nachdenken darüber freute, – während sie es doch beinahe schon wußte, daß diese Freude von gar nichts anderem herrührte, als daß sie vorhatte, an Joseph zu denken. Wenn nicht das Erbarmen es hinderte, könnte man ärgerlich werden über so viel Verblendung. Es fiel der Frau auch nicht auf, daß sie angefangen hatte, sich auf die Mahlzeiten zu freuen, bei denen sie Joseph sehen würde. Sie wähnte, daß diese Freude den strafenden Blicken gelte, die sie ihm zu senden beabsichtigte. Es ist kläglich, aber sie merkte nicht, daß ihr Schlängelmund verloren lächelte, wenn sie daran dachte, wie sein Blick in erschrockener Demut unterm

Lidschlag verging, da er der Strenge des ihren begegnete. Wenn nur zugleich ihre Brauen zusammengezogen waren vor Unmut über des Hauses Ärgernis, so meinte sie, genüge das. Hätte kleine Weisheit sie ängstlich gewarnt vor dem Feuerstier und sie aufmerksam machen wollen, daß ihr Lebensbau, künstlich wie er war, ins Wanken geraten sei und über den Haufen zu stürzen drohe, so hätte rasch vielleicht auch ihr Gesicht sich rötlich getrübt, aber sie würde das, hätte man es ihr vorgehalten, für den Ausdruck des Unwillens über ein so konfuses Gefasel erklärt haben und sich nicht genug tun können in Betonungen heiter-heuchlerisch-übertriebener Verständnislosigkeit für solche Besorgnisse. Wer soll mit diesen unnatürlich dick aufgetragenen Akzenten betrogen werden? Der Warner? Ach, sie sollen dazu dienen, den Weg der Abenteuer zu decken, den es die liebe Seele um jeden Preis zu gehen verlangt. Sich ein X für ein U zu machen, bis es zu spät ist, darauf kommt's an. Gestört, geweckt, zu sich selbst gerufen zu werden, ehe es zu spät ist, das ist die »Gefahr«, die damit in bejammernswerter Schläue abgewehrt werden soll. Bejammernswert? Der Menschenfreund sehe zu, daß er nicht durch schlecht angebrachtes Mitleid in ein komisches Licht gerate. Seine gutgläubige Annahme, dem

Menschen sei es im tiefsten Grunde um Ruhe, um Frieden, um die Bewahrung seines doch oft mit so viel Kunst und Sorgfalt errichteten und gesicherten Lebensgebäudes vor Erschütterungen oder gar vor dem Zusammenbruch zu tun, ist, gelinde gesagt, unbewiesen. Erfahrungen, die man nicht vereinzelt nennen kann, sprechen dafür, daß er es vielmehr geradeswegs auf seine Seligkeit und sein Verderben abgesehen hat und es niemandem auch nur im geringsten dankt, der ihn davon zurückhalten will. In diesem Fall – bitte sehr!

Enti angehend, so hat der Menschenfreund nicht ohne Bitterkeit festzustellen, daß es ihr spielend gelang, über den Augenblick hinwegzukommen, in dem es noch nicht zu spät und sie noch nicht verloren war. Eine selig-entsetzliche Ahnung davon, daß sie es sei, vermittelte ihr schon der vorläufig erwähnte Traum, den sie von Joseph träumte: und nun freilich fuhr's ihr in die Glieder. Nun freilich fiel ihr ein, daß sie ein vernunftbegabtes Wesen sei, und nun handelte sie danach: das heißt, sie ahmte sozusagen ein vernunftbegabtes Wesen nach und handelte mechanisch *wie* ein solches, nicht aber eigentlich *als* ein solches. Sie tat Schritte, denen sie Erfolg in Wahrheit bereits nicht mehr wünschen konnte, – eine wirre und unwürdige Art von Schritten, vor denen der

Menschenfreund am liebsten das Haupt verhüllte, wenn er nicht eben sorgen müßte, sein Erbarmen schlecht anzubringen.

Träume in Worte zu fassen und zu erzählen, ist darum fast untunlich, weil auf die sagbare Substanz eines Traumes sehr wenig, nahezu alles dagegen auf sein Aroma und Fluidum ankommt, den unerzählbaren Sinn und Geist von Grauen oder Beglückung – oder auch beidem –, womit er durchtränkt ist und mit dem er oft die Seele des Träumenden noch lange nachwirkend erfüllt. In unserer Geschichte spielen Träume eine entscheidende Rolle: ihr Held träumte groß und kindisch, und andere Personen darin werden träumen. Aber in welche Verlegenheit stürzte sie alle die Aufgabe, anderen ihr inneres Erlebnis auch nur annähernd mitzuteilen, wie unbefriedigend für sie selbst verlief jedesmal der Versuch! Man braucht nur an Josephs Traum von Sonne, Mond und Sternen und daran zu denken, wie hilflos abgerissen der Träumer damit herausrückte. Wir wären also entschuldigt, wenn es uns nicht gelingen sollte, durch die Erzählung von Mut-em-enets Traum den Eindruck ganz begreiflich zu machen, den sie, die Träumende, durch ihn empfing und den sie daraus davontrug. Auf jeden Fall haben wir schon zu oft auf ihn angespielt, als daß wir jetzt noch damit zurückhalten dürften.

Ihr träumte also, sie säße zu Tisch im Saal der blauen Säulen, auf der Estrade, in ihrem Schemelstuhl zur Seite des alten Huij, und nähme das Mahl in der schonenden Stille, die immer herrschte bei der Prozedur. Doch war die Stille besonders schonend und tief diesmal, da die vier Speisenden nicht nur sich jedes Wortes enthielten, sondern auch ihr Hantieren beim Essen lautlos zu halten bestrebt waren, also daß man in der Stille die durcheinander gehenden Atemzüge der tätigen Dienerschaft deutlich vernahm, und zwar so deutlich, daß zu vermuten war, man würde sie auch bei minder schonender Stille unterschieden haben, denn sie waren schon mehr ein Keuchen. Dieses hastig-leise Gekeuch war beunruhigend, und vielleicht weil Mut darauf horchte, vielleicht auch aus einem anderen Grunde noch gab sie auf das Tun ihrer Hände nicht hinlänglich acht und tat sich ein Leides. Denn sie war im Begriffe, mit einem scharf geschliffenen Bronzemesserchen einen Granatapfel zu zerteilen, und aus Zerstreutheit glitt ihr die Schärfe aus und fuhr ihr in die Hand, ziemlich tief ins Weiche hinein, zwischen dem Daumen und den vier Fingern, so daß es blutete. Es war eine ausgiebige Blutung, von Rubinröte wie der Saft des Granatapfels, und mit Scham und Kummer sah sie sie quellen. Ja, sie schämte sich sehr ihres Blutes, so schön rubinrot es war, wohl auch weil sie sofort und unvermeidlicherweise ihr blütenweißes Gewand damit befleckte, aber auch sonst noch und von der Befleckung abgesehen schämte sie sich über Gebühr und suchte ihr Bluten auf alle Weise vor denen im Saal zu verbergen und zu verhüllen: mit Erfolg, wie es schien oder scheinen sollte; denn alle gaben sich beflissen die Miene – und zwar auf mehr oder weniger natürliche und glaubhafte Weise –, als hätten sie von Muts Mißgeschick nichts bemerkt, und niemand kümmerte sich um ihre Not, was die Verwundete nun doch wieder vergrämte. Aufzeigen wollte sie nicht, daß sie blute, nämlich aus Scham; aber daß niemand es sehen wollte, keiner den Finger zu ihrer Hilfe rührte und alle wie auf Verabredung sie ganz sich selbst überließen, empörte sie wahrlich im Herzensgrund. Ihre Bedienerin, die Gezierte im Spinneweb, beugte sich angelegentlich über Muts einsäuliges Speisetischchen, als gebe es dort sehr dringlich etwas zu ordnen. Der alte Huij, zu ihrer Seite, prepelte zahnlos und kopfwackelnd an einer Rolle weingetränkter Ringkuchen, aufgereiht an einem vergoldeten Schenkelknochen, den er mit der Greisenhand an einem Ende hielt, und tat, als sei er gänzlich vom Prepeln in Anspruch genommen. Petepré, der Herr, hielt seinen Becher hinter sich über die Schulter, damit sein syrischer Mundschenk und Leibsklave ihn wieder fülle. Und seine Mutter, die alte Tuij, nickte der Ratlosen sogar mit ihren Blindritzen im großen weißen Gesicht ermunternd zu, wobei ungewiß blieb, wie sie es meinte und ob sie der Bedrängnis Eni's achthabe oder nicht. Diese aber, in ihrem Traum, blutete schamhaft weiter und färbte ihr Kleid, still erbittert über die allgemeine Gleichgültigkeit und dazu noch mit davon unabhängigem Kummer, der ihrem hochroten Blute selber galt. Denn das immerfort sickernde und quellende reute sie unbeschreiblich; schade, so schade war es ihr drum und ein tiefer, unsäglicher Jammer der Seele, nicht um sich selbst und ihr Ungemach, sondern ums liebe Blut, daß es ihr so dahinfloß, und sie schluchzte kurz auf ohne Tränen vor Trauer. Da fiel ihr ein, daß sie über diesem Leid ihre Pflicht versäume, strafend auszuschauen, um Amuns willen, nach des Hauses Ärgernis, dem kenanitischen Sklaven, der darin wuchs wider alle Gebühr; und sie verfinsterte ihre Brauen und blickte streng hinüber zu dem Gemeinten hinter Peteprê's Stuhl, dem Jünglinge Osarsiph. Dieser aber, als fühle er sich durch ihr strenges Blicken gerufen, verließ den Platz seines Amtes und kam, und näherte sich ihr. Und war ihr nahe, und seine Nähe war ihr sehr spürbar. Aber genähert hat er sich ihr, um ihr das Blut zu stillen. Denn er nahm ihre verletzte Hand und führte sie an seinen Mund, so daß die vier Finger an seiner einen Wange lagen und der Daumen an seiner anderen, aber die Wunde an seinen Lippen. Darüber stand ihr das Blut still vor Entzücken und war gestillt. Im Saale aber ging's widrig und ängstlich zu, während ihr dieses Heil geschah. Die Dienenden, so viele ihrer waren, liefen gleichwie verstört, auf leisen Sohlen zwar, doch im Chore keuchend durcheinander; Petepré, der Herr, hatte sein Haupt verhüllt, und den Gebeugten, Verdeckten betastete mit beiden gespreizten Händen seine Gebärerin, indem sie verzweifelt das emporgewandte Blindgesicht über ihm hin und her bewegte. Den alten Tuij aber sah Eni aufrecht stehen und ihr drohen mit seinem goldenen, von Kuchen leergeprepelten Schenkelknochen, während sein Mund überm trüben Bärtchen sich auf- und zutat in lautloser Schmährede. Die Götter wußten, was sein zahnloser Mund mit der innen arbeitenden Zunge da Grausiges formte, aber es mochte zuletzt wohl eines Sinnes sein mit dem, was die durcheinander laufenden Diener keuchten. Denn aus ihrem Atemchor löste sich flüsternde Lautgestalt, also: »Dem Feuer, dem Flusse, den Hunden, dem Krokodil«, und dies immer wieder. Eni hatte den schrecklichen Flüsterchor noch deutlich im Ohr, als sie dem Traume enttauchte, kalt vor Grauen und heiß gleich wieder danach vor Wonne des Heils, wissend, daß sie der Schlag der Lebensrute getroffen hatte.

Die Damengesellschaft

Ach, sie schien wohl großartig, unsere Mut, wenn sie vor ihm stand und ihn mit Glockenstimme bedrohte. Und dabei war sie schwach und hilflos wie ein Kind, ganz ohne Mitleid mit ihrer Würde und Sage, und hatte nachgerade begonnen, alle Welt in ihre Leidenschaft einzuweihen und in die Not, die sie mit ihrem Jüngling hatte. Es war nun an dem: nicht nur Tabubu, die Gummiesserin, und Meh-en-wesecht, die Kebse, waren eingeweiht nunmehr in ihre Liebe und ihren Jammer, sondern auch Renenutet, die Frau des Oberrindervorstehers des Amun, sowie Neit-em-hêt, die Gattin von Pharao's Oberwäscher, und Achwêre, Gemahlin Kakabu's, des Schreibers der Silberhäuser, vom Silberhause des Königs, kurz, alle Freundinnen, der ganze Hof, die halbe Stadt. Das war ein starkes Zeichen von Ausartung, daß sie es, als das dritte Jahr ihrer Liebe zu Ende ging, ohne Scham und Hemmung allen erzählte und alle Welt rücksichtslos damit befaßte, was sie anfangs so stolz und scheu in ihrem Busen verwahrt hatte, daß sie lieber gestorben wäre, als es dem Geliebten selbst oder sonst irgend jemandem einzugestehen. Ja, nicht nur Dûdu, der würdige Zwerg, artete aus in dieser Geschichte, sondern auch Mut, die Herrin, tat es, und zwar bis zur völligen Auflösung ihrer Fassung, ja, ihrer Gesittung. Sie war eine Heimgesuchte und tief Berührte, gänzlich aus sich herausgetreten, der Welt der Gesittung nicht mehr gehörig und ihren Maßstäben entfremdet, eine starrblickende Bergläuferin, bereit, ihre Brüste wilden Tieren zu bieten, eine wild bekränzte, keuchend jauchzende Thyrsusschwingerin. Wohin kam es nicht schließlich mit ihr? Unter uns und im voraus gesagt sogar dahin, daß sie sich herbeiließ, mit der schwarzen Tabubu zu zaubern. Aber dafür ist dies noch der Ort nicht. Hier sei nur mitleidig staunend ins Auge gefaßt, wie sie ihre Liebe und ihr ungetröstetes Begehren nach allen Seiten ausschwatzte und es nicht bei sich behalten konnte, weder vor Hoch noch vor Niedrig, so daß binnen kurzem ihr Leidwesen das Tagesgespräch allen Hausgesindes war und die Köche beim Rühren und Rupfen, die Torhüter auf der Ziegelbank zueinander sagten:

»Die Herrin ist scharf auf den Jungmeier, er aber weigert sich ihrer. Ist das eine Hetz'!«

Denn solche Gestalt nimmt eine solche Sache in den Köpfen und im Munde der Leute an nach dem kläglichen Widerspruch, der besteht zwischen dem heilig-ernsten und schmerzensschönen Bewußtsein blinder Leidenschaft von sich selbst – und ihrem Eindruck auf Nüchterne, denen ihr Unvermögen und mangelnder Wille sich zu verhehlen ein Skandal und Gespött ist wie der Betrunkene auf der Gasse. –

Sämtliche Nacherzählungen unserer Geschichte, mit Ausnahme freilich der uns würdigsten, aber auch kargsten: der Koran sowohl wie die siebzehn persischen Lieder, die von ihr künden, Firdusi's, des Enttäuschten, Gedicht, woran er sein Alter wandte, und Dschami's spät-verfeinerte Fassung, – sie alle und ungezählte Schildereien des Pinsels und Stiftes wissen von der Damengesellschaft, die Potiphars Erste und Rechte um diese Zeit gab, um ihren Freundinnen, den Frauen der hohen Gesellschaft No-Amuns, ihr Leiden bekannt und begreiflich zu machen, das Mitgefühl ihrer Schwestern dafür zu gewinnen und auch ihren Neid. Denn Liebe, so ungetröstet sie sei, ist nicht nur Fluch und Geißel, sondern zugleich auch ein großer Schatz, den man ungern verhehlt. Die Lieder gleiten in manchen Irrtum und lassen sich manche abwegige Variante und Ausschmückung zuschulden kommen, worin die süße Schönheit, welcher sie nachhängen, zu Lasten der strengen Wahrheit geht. Den Zwischenfall der Damengesellschaft aber angehend, sind sie im Recht; und weichen sie auch hier wieder um süßen Effektes willen ab von der Form, in der die Geschichte ursprünglich sich selber erzählte, ja, strafen sie sich durch ihre Abweichungen voneinander wechselseitig Lügen, so sind doch nicht ihre Sänger die Erfinder dieses Begebnisses, sondern die Geschichte selbst ist es oder persönlich Potiphars Weib, die arme Eni, die es mit einer Schläue erfand und ins Werk setzte, welche zu ihrer benommenen Verfassung in dem sonderbarsten, aber lebensgerechtesten Widerspruch steht.

Uns, denen der augenöffnende Traum bekannt ist, den Mut-em-enet zu Beginn der drei Liebesjahre träumte, sind die Zusammenhänge zwischen ihm und ihrer Erfindung, ist der Gedankengang, der sie auf das traurig-witzige Mittel brachte, den Freundinnen die Augen zu öffnen, vollkommen deutlich; und die Wirklichkeit des Traumes (dessen Echtheitsmerkmale denn doch wohl in die Augen springen) ist uns der beste Beweis für die Geschichtlichkeit der Damengesellschaft sowie dafür, daß die uns nächste und würdigste Überlieferung einzig aus lapidarer Kargheit darüber schweigt. –

Das Vorspiel zur Damengesellschaft war, daß

Mut-em-enet krank wurde. Es war die nach ihrem Bilde wenig genau umrissene Krankheit, in welche die Prinzen und Königstöchter aller Geschichten verfallen, wenn sie trostlos lieben, und die regelmäßig »der Kunst der berühmtesten Ärzte spottet«. Mut verfiel in sie, weil es so im Buche steht, weil es gehörig und fällig war und man dem Gehörigen und Fälligen schwer widersteht; zweitens aber, weil ihr alles daran lag (und auch bei den Prinzen und Königstöchtern sonstiger Geschichten scheint dies durchweg ein Hauptmotiv ihres Siechtums zu sein), Aufsehen zu erregen, die Welt in Aufregung zu versetzen und *befragt* zu werden, – recht dringend, um Lebens und Sterbens willen und allgemein befragt zu werden, denn zu vereinzelten, mehr oder weniger aufrichtig besorgten Fragen hatten die Veränderungen, von denen seit Jahr und Tag ihr Äußeres betroffen worden, schon vorher Anlaß gegeben. Sie wurde krank aus dem dringenden Wunsch, die Welt mit ihrer Heimsuchung, dem Glück und der Qual ihrer Liebe zu Joseph zu beschäftigen, – denn daß es weiter, im Sinne der strengen Wissenschaft, nicht gar viel auf sich hatte mit dieser Krankheit, geht schon daraus hervor, daß, als es dann galt, die Damengesellschaft zu geben, Mut sich sehr wohl von ihrem Lager erheben und die

Wirtin machen konnte: kein Wunder übrigens, da diese Veranstaltung gewiß von vornherein mit im Plane der Krankheit gelegen hatte.

Mut also wurde ernstlich, wenn auch unbestimmt krank und bettlägerig. Zwei elegante Ärzte, der Doktor vom Bücherhause des Amun, der schon zum Altmeier Mont-kaw berufen worden, und noch ein anderer Tempelweiser, behandelten sie, ihre Schwestern vom Hause der Abgeschlossenen, Petepré's Kebsweiber, pflegten sie, und ihre Freundinnen vom Hohen Hathorenorden und von Amuns Südlichem Frauenhause besuchten sie. Es sprachen vor die Damen Renenutet, Neit-em-hêt, Achwêre und viele andere. Es kam auch in ihrer Sänfte Nes-ba-met, die Ordensoberin, Gemahlin des großen Beknechons, »Vorstehers der Priester aller Götter von Ober- und Unterägypten«. Und alle, einzeln oder zu zweien und dreien am Bett der Berührten sitzend, beklagten und befragten sie in reichlich fließenden Worten, teils aus dem Herzen, teils kaltsinnig, aus bloßer Konvenienz oder sogar schadenfroh.

»Eni mit beliebter Stimme wenn du singst!« sprachen sie. »Um des Verborgenen willen, was ist das mit dir, und was machst du uns, Böse, für Not? So wahr der König lebt, schon seit längerem bist du nicht mehr, die du warst, sondern wir alle, die dich im Herzen tragen, beobachten Zeichen von Ermüdung an dir und Veränderungen, die zwar selbstverständlich nicht vermögend waren, deiner Schönheit Abtrag zu tun, uns alle aber trotzdem in zärtliche Sorge versetzen. Nicht möge ein böser Blick des Auges bei dir sein! Wir alle haben gesehen und es einander unter heißen Tränen mitgeteilt, daß die Ermüdung in Gestalt einer Abmagerung über dich kam, die zwar nicht alle Teile deines Körpers ergriff, – vielmehr sind einige davon voller erblüht, aber andere dafür in der Tat zu mager geworden: deine Wangen zum Beispiel, sie sind gemagert; auch fingen deine Augen an, starr zu blicken, und um deinen berühmten Schlängelmund ließ eine Qual sich nieder. Dies alles sahen wir, deine Herzchen, und besprachen es weinend. Nun aber ist deine Ermüdung auf den Punkt gekommen, daß du dich niederlegst, ohne zu essen und zu trinken, und die Krankheit spottet der Kunst der Ärzte. Wahrhaftig, als wir davon hörten, wußten wir nicht mehr den Ort der Erde, wo wir uns befanden, so groß war unser Schrecken! Wir haben die Weisen vom Bücherhause, Te-Hor und Pete-Bastet, deine Ärzte, mit Fragen bestürmt, und sie antworteten, sie seien mit ihrer Kunst schon fast am Rande und näherten sich der Ratlosigkeit. Nur noch wenige Mittel wüßten sie, die etwa noch Wirkung versprächen, denn aller schon angewandten habe deine Ermüdung gespottet. Es müsse ein großer Kummer sein, der an dir nage und zehre, wie die Maus, die an der Wurzel des Baumes nagt, so daß er kränkelt. In Amuns Namen, Schatz, ist das wahr, und hast du einen nagenden Kummer? Nenne ihn uns, deinen Herzchen, ehe dir der verfluchte ans süße Leben geht!«

»Gesetzt«, antwortete Eni mit schwacher Stimme, »ich hätte einen, – was frommte es mir, ihn euch zu nennen? Ihr Guten und Mitleidigen könntet mich nicht davon erlösen, und wahrscheinlich bleibt gar nichts übrig, als daß ich daran sterbe.«

»So ist es also wahr«, riefen sie, »und es ist wirklich ein solcher Kummer, der dich ermüdet?« Und in den höchsten Tönen verwunderten sich die Damen, wie es möglich sei. Eine Frau wie sie! Zur Creme der Länder gehörig, reich, zauberhaft schön und beneidet unter des Reiches Frauen! Was konnte ihr abgehen? Welchen Wunsch brauchte sie sich zu versagen? Muts Freundinnen verstanden das nicht. Inständig befragten sie sie, teils herzlicherweise, teils nur aus Neugier, Schadenfreude und Liebe zur Aufregung, und lange wich die Ermüdete ihnen aus, verweigerte matt und hoffnungslos jede Auskunft, weil sie ihr doch nicht helfen könnten. Endlich aber – nun gut – erklärte sie, ihnen die Antwort allen zusammen, gemeinsam, geben zu wollen, im Rahmen eines Plauderkränzchens und einer weiblichen Gasterei, zu der sie sie nächstens vollzählig wolle zusammenladen. Denn wenn sie, sei es auch ohne Appetit, ein wenig zu sich nähme, eine Vogelleber und etwas Gemüse, werde sie hoffentlich die Kraft finden, sich vom Lager aufzurichten, zu dem Ziel eben, den Freundinnen die Ursache ihrer Veränderung und Ermüdung zu enthüllen.

Gesagt, getan. Schon im nächsten Mondviertel – man war nur noch eine kurze Spanne vom Neujahrstage und vom großen Opetfeste entfernt, bei welchem im Hause Potiphars so Entscheidendes sich ereignen sollte – lud Eni tatsächlich zu diesem Kränzchen, der viel, aber nicht immer richtig besungenen Damengesellschaft in den Räumen von Petepré's Frauenhaus ein: einer Nachmittagsveranstaltung in größerem Kreise, die durch die Anwesenheit Nes-ba-mets, der Gemahlin Beknechons' und Ersten der Haremsfrauen, erhöhten Glanz gewann, und bei der es an nichts fehlte, weder an Blumen und Salben, noch an kühlen, zum Teil berauschenden, zum anderen Teil nur erfrischenden Getränken, noch an vielerlei Kuchen, eingelegten Früchten und fadenziehenden Süßigkeiten, ausgespendet von jungen Dienerinnen in lieblich knapper Tracht, mit schwarzen Hängeflechten im Nacken und Schleiern um die Wangen, – einer Nüance, die man noch nicht gesehen, und die viel Beifall fand. Ein reizendes Orchester von Harfenistinnen, Lautespielerinnen und Bläserinnen der Doppelflöte in weiten Hauchgehängen von Kleidern, durch welche man die gewirkten Gürtel ihrer Lenden sah, musizierten im Brunnenhof, wo die große Mehrzahl der Damen in zwanglosen Gruppen, teils zwischen den hochbeladenen Anrichten auf Stühlen und Hockern sitzend, teils auf bunten Matten kniend sich niedergelassen hatte. Doch war auch der bekannte Pfeilersalon, aus welchem übrigens das Bild Atum-Rê's wieder entfernt war, von ihnen besetzt.

Muts Freundinnen waren hold und kunstreich zu sehen: Duftfett schmolz salbend von ihren Scheiteln in ihr breit gelöstes, zu Fransen gedrehtes Haar, durch welches die goldenen Scheiben ihres Ohrschmucks schnitten, von lieblicher Bräune waren ihre Glieder, ihre glänzenden Augen reichten bis zu den Schläfen, ihre Näschen deuteten auf nichts als Hoch- und Übermut, und die Fayence- und Steinmuster ihrer Krägen und Armringe, die Gespinste, die ihre süßen Brüste umspannten, aus Sonnengold, wie es schien, oder Mondschein gewoben, waren von letzter Kultur. Sie rochen an Lotusblüten, reichten einander Näschereien zum Kosten und plauderten mit zwitschernd hohen und tiefer-rauheren Stimmen, wie sie ebenfalls weiblich vorkommen in diesen Breiten, – Nes-ba-met zum Beispiel, des Beknechons Gattin, hatte eine solche Stimme. Vom nahen Opetfest plauderten sie, vom großen Umzuge der heiligen Dreiheit in ihren Barken und ihren Kapellen, zu Land und zu Wasser, von der Gottesbewirtung im Südlichen Frauenhaus, wo sie, die Damen, zu tanzen, zu klappern und zu singen haben würden vor Amun als seine Nebenfrauen mit beliebten Stimmen. Das Thema war wichtig und schön; und dennoch war es nur vorgewendet in dieser Stunde und mußte herhalten zum Zungenspiel, um die Zeit der Erwartung zu füllen, bis Mut-em-enet, die Gastgeberin, ihnen die Antwort erteilen und ihnen aufregenderweise die Ursache ihrer Ermüdung zu wissen geben würde.

Sie saß unter ihnen am Wasserbecken in ihrer Leidensgestalt, lächelte schwach mit dem gequälten Schlängelmunde und wartete ihres Augenblicks. Traumhaft und nach Traumesmuster hatte sie ihre Anstalten getroffen, die Freundinnen zu belehren, und traumhaft war ihre Gewißheit, daß die Veranstaltung werde gelingen müssen. Sie fiel zusammen mit dem Höhepunkt der Bewirtung. Herrliche Früchte standen in blumengeschmückten Körben bereit: duftende Goldkugeln, die erquickenden Saft in Menge unter der filzigen Schale bargen, indische Blutzitronen, Chinaäpfel, höchst selten gereicht; und reizende Messerchen zum Schälen waren nebenher vorbereitet, mit eingelegten Blausteingriffen und hochpolierten Bronzeschneiden, denen die Hausfrau ihre besondere Aufmerksamkeit zugewandt hatte. Denn überaus scharf hatte sie sie wetzen und abziehen lassen – so scharf in der Tat, daß wohl noch nie in der Welt irgendwelche Messerchen es zu solcher Schärfe gebracht hatten. So dünn geschliffen und haarscharf waren die Dinger, daß leicht ein Mann sich den noch so drähtigen Bart hätte damit scheren mögen, – nur gegenwärtigste Achtsamkeit war ihm dabei zu empfehlen, denn vergaß er sich träumend nur einen Augenblick oder erzitterte, so war ihm der lästigste Schaden gewiß. Das war ein Schliff, der diesen Messerchen zuteil geworden, – gefährlich geradezu; man hatte das Gefühl, daß man nur in die Nähe der Schneide zu kommen brauchte mit der Fingerkuppe, und schon sprang das Blut hervor. – War das alles Vorbereitete? Durchaus nicht. Da war noch ein kostbarer Wein aus dem Hafen, kyprisch, von süßem Feuer, zum Nachtisch geeignet, der zu den Apfelsinen gereicht werden sollte; und die schönen Kelche aus gehämmertem Gold und aus zinnglasiertem, bemaltem Ton, die ihn umschließen würden, waren sogar das erste, was auf der Gastgeberin Wink von niedlichen Dienerinnen, welche nichts anhatten als bunte Gürtel um ihre Hüften, im Brunnenhof und im Pfeilersalon ausgeteilt wurde. Wer aber sollte den Inselwein in die Kelche schenken? Auch wieder die Niedlichen? Nein, damit, hatte die Wirtin geurteilt, würde weder solcher Bewirtung, noch den Bewirteten Ehre genug geschehen – anders hatte es Mut verfügt.

Sie winkte wieder, und die goldenen Äpfel, die allerliebsten Messerchen wurden verteilt. Beides erregte entzücktes Gezwitscher: Man pries die Früchte, pries auch das zierliche Handgerät, nämlich seine Zierlichkeit eben, denn seiner Haupteigenschaft war man nicht kundig. Alle begannen sogleich mit dem Schälen, um zu dem süßen Fleisch zu gelangen; doch wurden ihre Augen gar bald vom Geschäfte abgelenkt und emporgezogen.

Abermals hatte Mut-em-enet gewinkt, und wer auf dem Schauplatz erschien, war der

Schenke des Weins; es war Joseph. Ja, ihn hatte die Liebende zu diesem Dienst bestellt und es ihm angesonnen als Herrin, selbst den Zypernwein unter den Freundinnen auszuschenken, ohne ihn in die Vorkehrungen einzuweihen, die sie sonst noch dazu getroffen, so daß er nicht wußte, zu welcher Belehrung er dienen sollte. Es hatte sie geschmerzt, das wissen wir wohl, ihn hinters Licht zu führen durch die Verhehlung und zweckhaft sein Bild zu mißbrauchen; aber gar zu sehr war es ihr darum zu tun, die Freundinnen zu belehren und ihnen ihr Herz zu erklären. Darum hatte sie es ihm angesonnen und, da er sich wieder einmal mit aller Rücksicht geweigert, ihr nahe beizuwohnen, zu ihm gesagt:

»Willst du mir dann wenigstens, Osarsiph, den Gefallen tun und übermorgen bei meinem Damenfest selbst den Neunmalguten von Alaschia ausschenken, zum Zeichen seiner Güte, zum Zeichen ferner, daß du mich doch ein wenig liebst und auch zum Zeichen, daß ich etwas gelte in diesem Haus, da Der an seiner Spitze mir aufwartet und meinen Gästen?«

»Selbstverständlich, Herrin«, hatte er geantwortet. »Das tue ich gern und will einschenken mit größtem Vergnügen, wenn es dir so gefällt. Denn mit Leib und Seele bin ich dir zu Diensten und zur Verfügung in jedem Betracht, ausgenommen in dem der Sünde.«

So erschien denn nun Rahels Sohn, des Peteprê Jungmeier, unvermutet unter den schälenden Damen im Hof, in einem Feierkleide, weiß und fein, einen bunten mykenischen Weinkrug in seinem Arm, grüßte, spendete und begann, umherwandelnd die Kelche zu füllen. Alle Damen aber, sowohl die, welche ihn bei Gelegenheit schon gesehen, wie auch die, welche ihn noch nicht kannten, vergaßen bei seinem Anblick nicht nur ihre Hantierung, sondern auch sozusagen sich selbst, indem sie nichts anderes mehr wußten, als auf den Schenken zu schauen, worüber denn die tückischen Messerchen ihr Werk verrichteten und die Damen sich samt und sonders fürchterlich in die Finger schnitten – und zwar ohne des verunreinigenden Malheurs auch nur gleich gewahr zu werden, denn einen Schnitt von so extrem überschärfter Klinge spürt man kaum, zumal in so gründlich abgelenktem Zustande, wie der, worin Eni's Freundinnen sich eben befanden.

Von einigen ist die oft geschilderte Szene als apokryph und der geschehenen Geschichte nicht zugehörig hingestellt worden. Mit Unrecht; denn sie ist wahr, und jede Wahrscheinlichkeit spricht für sie. Bedenkt man, daß es sich einerseits um den schönsten Jüngling seiner Sphäre, andererseits aber um die schärfsten Messerchen handelte, welche wahrscheinlich die Welt je gesehen, so ist klar, daß der Vorgang gar nicht anders, nämlich nicht unblutiger verlaufen konnte, als er wirklich verlief, und daß die Traumsicherheit, mit der Mut diesen Verlauf berechnet und vorhergesehen hatte, vollauf berechtigt gewesen war. Mit ihrer Leidensmiene, dieser Maske aus Finsternis und Geschlängel, blickte sie auf das angerichtete Unheil, das still sich entwickelnde Blutbad, das vorerst sie ganz allein wahrnahm, da die in lüsterner Hingerissenheit gaffenden Gesichter der Damen dem Jüngling folgten, der sich allmählich gegen den Pfeilersalon entfernte, wo, wie Mut sich mit vollem Recht überzeugt hielt, ganz dasselbe sich abspielen würde. Erst als der Geliebte den Augen entschwunden war, fragte sie boshaft besorgten Tones in die Stille hinein:

»Meine Herzchen, was habt und tut ihr? Ihr vergießt euer Blut!«

Es war ein schreckhafter Anblick. Da die behenden Messerchen bei vielen zolltief geflitzt waren, sickerte das Blut nicht nur, es quoll und strömte; die Händchen mitsamt den goldenen Äpfeln waren ganz überschwemmt und verschmiert von dem roten Naß, es durchtränkte färbend die blütenhaften Stoffe der Kleider im Schoße der Frauen, bildete Lachen darin und troff auf die Füßchen, den Estrich hinab. Welch Jemine, welch Lamentieren, Gekreisch und Augenverdrehen entstand, als sie's durch Mut-em-enets falsch erstaunten Hinweis gewahr wurden! Einige, die kein Blut sehen konnten, besonders ihr eigenes nicht, drohten in Ohnmacht zu fallen und mußten mit Zitweröl und scharfen Fläschchen, womit die Niedlichen zwischen ihnen herumsprangen, zur Not bei Bewußtsein gehalten werden. Überhaupt geschah nun das Notwendigste, und auch mit Wasserbecken, Wischtüchern, Essig, Scharpie und in Streifen gerissenem Leinenzeug sprangen die Niedlichen alsbald herum, so daß denn das Kränzchen zu dieser Frist den Anblick eines Lazaretts und Verbandsplatzes bot, hier sowohl wie im Pfeilergemach, wohin Mut-em-enet sich einen Augenblick begab, um festzustellen, daß dort ebenfalls alles im Blute schwamm. Renenutet, die Gattin des Rindervorstehers, gehörte zu den Tiefstverletzten, und vorübergehend mußte man ihr das Händchen geradezu töten, indem man das gelblich erblassende vom allgemeinen Lebensbetriebe gewaltsam abschnürte, um die Blutung zum Stillstand zu bringen. Auch Nes-ba-met, des Beknechons tiefstimmige Gemahlin, hatte sich übel zugerichtet. Ihre Robe war hin, und sie wetterte laut, ungewiß auf wen, während zwei Gürtelmädchen, ein schwarzes und ein weißes, sie tröstend verarzteten.

»Teuerste Oberin und ihr meine Herzchen alle«, sprach Mut-em-enet heuchlerisch, als leidliche Ruhe und Ordnung wieder eingekehrt waren, »wie konnte das zugehen und wie sich ereignen, daß ihr euch solches antatet bei mir und dieser rote Zwischenfall mein Damenfest verunehrt? Fast unerträglich peinlich ist es der Wirtin, daß dies euch in meinem Hause zustoßen mußte, – wie aber war's möglich? Es kommt wohl vor, daß eine oder die andere sich schneidet beim Schälen, – aber alle zugleich und einige bis auf den Knochen? Das ist noch nicht vorgekommen, so weit ich die Welt kenne, und wird wohl ein Einzelfall bleiben in der Gesellschaftsgeschichte der Länder, – man muß es wenigstens hoffen. Aber tröstet mich, meine Süßen, und sagt mir, wie in aller Welt es geschehen konnte!«

»Laß gut sein«, antwortete für die übrigen Frauen Nes-ba-met mit ihrem Baß. »Laß gut sein, Eni, denn gut ist es ja nun so ziemlich, wenn auch der rote Set die Nachmittagskleider verdorben hat und einige unter uns noch verfärbt sind vom

Aderlaß. Gräme dich nicht! Du hast es gut gemeint, wie wir annehmen, und dein Empfang ist fashionabel in jeder Einzelheit. Aber ein starkes Stück von Unüberlegtheit war es schon, meine Gute, das du dir mitten darin geleistet hast, – ich rede geradeheraus und für alle. Versetze dich doch an unsere Stelle! Du hast uns eingeladen, um uns die Ursache deiner Ermüdung zu enthüllen, welche der Kunst der Ärzte spottet, und läßt uns warten auf die Enthüllung, so daß wir ohnedies schon nervös sind und unsere Neugier verbergen hinter künstlichem Geplausch. Du siehst, ich stelle alles offen der natürlichen Wahrheit gemäß und ohne Zimperlichkeit dar in unser aller Namen. Du läßt uns goldene Apfel servieren, – sehr gut, sehr rühmlich, auch Pharao hat sie nicht jeden Tag. Aber gerade, da wir sie schälen wollen, verordnest du es, daß in unsern empfindlichen Kreis dieser Schenke tritt – er sei nun, wer er sei, ich nehme an, daß es euer Jungmeier war, den sie ›Nefernefru‹ nennen auf den Land- und Wasserwegen, und beschämend genug ist es ja, daß man als Dame genötigt ist, übereinzustimmen mit den Leuten der Dämme und Kanäle im Urteil und Geschmack, aber hier ist die Rede nicht von Geschmack und Strittigkeit, denn das ist ja ein Himmelsbild von einem Jungen an Haupt und

Gliedern, und wo es an und für sich schon einer Chocwirkung gleichkommt, wenn unter so viele bereits nervöse Frauen plötzlich ein Jüngling tritt, und sei er auch weniger reizend, – wie willst du, daß es einem nicht in die Glieder fährt und einem die Augen nicht übergehen, wenn ein solcher Gottesfratz auf der Bildfläche erscheint und neigt seinen Krug über deinen Kelch? Du kannst nicht verlangen, daß man da noch seiner Hantierung gedenkt und seine Finger hütet vor drohendem Ungemach! Wir haben dir Ungelegenheit und viel Schererei verursacht mit unserem Geblute, aber den Vorwurf, Eni mit beliebter Stimme, kann ich dir nicht ersparen, daß du selber schuld bist an dem Ennui durch deine chochaften Verordnungen.«

»So ist es!« rief Renenutet, die Rindervorsteherin. »Du mußt dir, Liebste, den Vorwurf gefallen lassen, denn einen Possen hast du uns gespielt mit deiner Regie, dessen wir alle gedenken werden, – wenn nicht mit Zorn, so nur darum nicht, weil deine Unberührtheit sich wohl nichts dabei dachte. Aber das ist es eben, Schatz, daß du's an schonender Überlegung gänzlich hast fehlen lassen und dir die Peinlichkeit dieses roten Zwischenfalls selber zuschreiben mußt, wenn du gerecht bist. Ist es nicht klar, daß die aufgesummte

Weiblichkeit einer so zahlreichen Damengesellschaft auch wieder auf die weibliche Einzelnatur zurückwirkt und sie zu empfindlichster Höhe emporstimmt? In einen solchen Kreis läßt du unversehens was Männliches treten und in welchem Augenblick? Im Augenblick des Schälens! Meine Gute, wie sollte das wohl unblutig ablaufen, – urteile selbst! Nun aber mußte es auch noch dieser Schenke sein, euer Jungmeier, ein wahrer Gottesfratz! Mir wurde völlig anders bei seinem Anblick – ich sage es, wie es ist und nehme kein Blatt vor den Mund, denn dies ist die Stunde und sind Umstände, wo Herz und Mund einem übergehen und man die Erlaubnis spürt, einmal alles gerade herauszusagen. Ich bin eine Frau, die viel Sinn hat fürs Männliche, und da ihr's ohnedies wißt, so will ich nur einfach erwähnen, daß ich außer meinem Gemahl, dem Rinderdirektor, der in den besten Jahren steht, auch noch jenen Leiboffizier kenne sowie den jungen Betreter von Chonsu's Haus, der auch mein Haus betritt – ihr wißt es ja sowieso. Aber das alles hindert nicht, daß ich mich gegen das Männliche hin allezeit sozusagen auf dem Qui vive befinde und mich leicht davon göttlich anmuten lasse, – besonders aber habe ich eine Schwäche für Schenken. Ein Schenke hat immer was Göttliches oder vom Götterliebling etwas – ich weiß nicht, warum mir so ist – es liegt in seinem Amt und in seiner Gebärde. Nun aber gar dieser Refertēm und blaue Lotos, der Zuckerjunge mit seinem Kruge – ihr Guten, mit mir wars aus! Mit aller Bestimmtheit glaubte ich einen Gott zu sehen und wußte vor frommem Vergnügen nicht mehr den Ort der Erde, an dem ich mich befand. Ganz Auge war ich, und während ich äugte, säbelte ich mir mit dem Schälmesserchen in Fleisch und Bein und vergoß mein Blut in Strömen, ohne es auch nur zu spüren, so anders war mir geworden. Aber das ist das ganze Unheil noch nicht, denn ich bin sicher: Sobald ich Früchte schälen werde in Zukunft, wird sich vor meiner Seele das Bild deines Schenkenfratzen erneuen, des verwetterten, und wieder werde ich mir ins Gebein säbeln vor Versunkenheit, so daß ich mir überhaupt kein Schalobst mehr werde vorsetzen lassen dürfen, obgleich ich's mit Leidenschaft esse, das hast du angerichtet, Schätzin, mit deiner unbedachten Regie!«

»Ja, ja!« riefen alle Damen, sowohl die des Brunnenhofes als auch die des Pfeilersalons, welche bei Nes-ba-mets und Renenutets Ansprachen herübergekommen waren. »Ja, ja!« riefen sie durcheinander mit hoch- und tiefgetönten Stimmen. »So ist es, so war es, die Rednerinnen haben es recht gesagt, fast blutig umgebracht hätten wir alle uns vor jäher Verwirrung durch das Bild dieses Schenken, und statt uns den Grund deiner Ermüdung zu nennen, wozu du uns eingeladen, hast du uns, Eni, diesen Possen gespielt!«

Da aber erhob Mut-em-enet ihre Stimme zu voller Sangeskraft und rief:

»Törinnen!« rief sie. »Nicht nur genannt, – gezeigt habe ich ihn euch, den Grund meiner tödlichen Ermüdung und all meines Elends! So habt doch auch Augen für mich, da ihr ganz Auge waret für ihn! Ihr habt ihn nur einige Pulsschläge lang gesehen und euch ein Leids getan in der Versunkenheit, so daß ihr alle noch blaß seht von der roten Not, in die euch sein Anblick gestürzt. Ich aber muß oder darf ihn sehen täglich und stündlich – was fang' ich an in dieser immerwährenden Not? Ich frage euch: Wo soll ich hin? Denn dieser Knabe, ihr Blinden, die ich sehend machte vergebens, meines Gatten Hausvorsteher und Mundschenk, – er ist meine Not und mein Tod, er hat es mir angetan zum Sterben mit Aug' und Mund, so daß ich, ihr Schwestern, um ihn nur mein rotes Blut verströme in Jammer und sterbe, wenn er mir's nicht stillt. Denn ihr schnittet euch in die Finger nur bei seinem Bilde, mir aber hat die Liebe zu seiner Schönheit das Herz zerschnitten, so daß ich verblute!« – Also sang Mut mit brechender Stimme und fiel krankhaft schluchzend in ihren Sessel.

Man kann sich die frauenfestliche Aufregung denken, in die diese Enthüllung den Chor der Freundinnen versetzte! Ganz ähnlich wie vordem schon Tabubu und Meh-en-wesecht verhielten sie sich zu der großen Neuigkeit, daß Mut sich in Liebesumständen befinde, und trieben es in großem Maßstabe mit der Heimgesuchten, wie jene beiden getan: umringten sie, streichelten sie und redeten in vielstimmigem Rührungsgeplapper zugleich beglückwünschend und bemitleidend auf sie ein. Die Blicke aber, die sie heimlich dabei tauschten, sowie die Worte, die sie einander zuraunten, bekundeten ganz anderes noch als zärtliche Teilnahme: nämlich boshafte Enttäuschung darüber, daß es weiter nichts sei und dieser ganze anspruchsvolle Kummer auf gewöhnliche Verliebtheit hinauslaufe in einen Knecht; stille Mißgunst dazu und allgemeine Eifersucht aufs Männliche, vor allem aber schadenfrohe Genugtuung, daß es Mut, die Stolze und Reine, die mondkeusche Amunsbraut, auf ihre älteren Tage noch so getroffen hatte und hatte sie heimgesucht auf gewöhnlichste Art, daß sie nach einem hübschen Diener schmachten mußte und es nicht einmal für sich zu behalten verstand, sondern hilflos ihre Herabsetzung aufs gewöhnliche Damenmaß allen preisgab und jammerte: »Wo soll ich hin?« Das schmeichelte den Freundinnen, wenn es ihnen auch nicht entging, daß aus der Preisgabe und der öffentlichen Verkündigung immer noch der alte Dünkel sprach, welcher das ganz Gewöhnliche, da es nun auch Muts Fall geworden, als ein Vorkommnis sondergleichen und als welterschütternde Affäre betrachtet wissen wollte, – was die Freundinnen auch wieder ärgerte.

Aber drückte auch alles dieses sich nebenher aus in den Wechselblicken der Damen, so war ihre Festesfreude an der Sensation und dem schönen Gesellschaftsskandal doch groß genug, sie zu wahrer Herzensteilnahme an der Heimsuchung der Schwester zu befähigen und zum weiblichen Mitgefühl, so daß sie sich um sie drängten, sie mit den Armen umfingen, sie tröstend feierten in plapperndem Wortschwall und den Jüngling glücklich priesen, dem es vergönnt gewesen, solche Gefühle im Busen seiner Herrin zu erwecken.

»Ja, süße Eni«, riefen sie, »du hast uns belehrt, und wir verstehen vollkommen, daß es keine Kleinigkeit ist für ein Frauenherz, jeden Tag einen solchen Gottesfratzen müssen sehen zu dürfen, – kein Wunder, daß endlich einmal auch du in Herzensumstände kamst! Der Glückspilz! Was keinem Manne gelungen durch so viele Jahre, das hat er ausgerichtet mit seiner Jugend und hat dir Heiligen den Sinn bewegt! Es ist ihm nicht an der Wiege gesungen worden, aber da zeigt sich des Herzens Vorurteilslosigkeit, es fragt nicht nach Rang und Stand. Er ist keines Gaufürsten Sohn und weder Offizier noch Geheimrat, sondern nur deines Mannes Hausverwalter, aber dir hat er den Sinn erweicht, das ist sein Rang und Titel, und daß er ein Ausländer ist, ein Jüngling von Asien, ein sogenannter Ebräer, das fügt der Sache noch eine pikante Note hinzu, es verleiht ihr Cachet. Wie wohl ist uns, Teuerste, und wie in tiefster Seele sind wir erleichtert, daß es weiter nichts auf sich hat mit deinem Kummer und deiner Ermüdung, als daß dir der Sinn steht nach diesem Schönen! Verzeih, wenn wir aufhören, für dich zu fürchten und anfangen, es für ihn zu tun; denn daß er möchte überschnappen vor Geehrtheit, das ist doch hier wohl der einzige Sorgengrund – sonst scheint die Sache uns einfach.«

»Ach«, schluchzte Mut, »wenn ihr wüßtet! Aber ihr wißt nicht, und ich habe gewußt, daß ihr noch lange nichts wissen und nichts verstehen würdet, auch da ich euch die Augen geöffnet. Denn keine Ahnung habt ihr, wie es mit diesem ist und was es auf sich hat mit dem Eifer des Gottes, dem er gehört und dessen Kranz er trägt, so daß er sich viel zu gut ist, mir, dem ägyptischen Weibe, das Blut zu stillen und seine Seele kein Ohr hat für all mein Rufen! Ach, wieviel besser, ihr Schwestern, doch tätet ihr, euch nicht um ihn zu sorgen von wegen übergroßer Geehrtheit, sondern all eure Sorge auf mich zu versammeln, die ich des Todes bin durch seine Gottessprödigkeit.«

Da bestürmten die Freundinnen sie denn um Näheres und Weiteres in Sachen dieser Sprödigkeit und wollten ihren Ohren nicht trauen, daß der Diener nicht vor Geehrtheit platze, sondern sich der Herrin verweigere. Die Blicke, die sie tauschten, zeigten wohl auch einige Bosheit an im Sinn der Vermutung, daß ihre Eni dem Schönen am Ende zu alt sei und er fromme Flausen mache, weil er keine Lust zu ihr habe; und manche schmeichelte sich, daß er zu ihr wohl mehr Lust haben würde; aber die aufrichtige Entrüstung über des Fremdknechtes Widerspenstigkeit herrschte vor in ihrer Stellungnahme, und Nes-ba-met besonders, die Oberin, griff hier mit Baßstimme ein und erklärte den Fall, von dieser Seite gesehen, für skandalös und unleidlich.

»Als Weib schon«, sagte sie, »Teuerste, bin ich

auf deiner Seite und mache deinen Kummer zu meinem. Zudem aber ist nach meiner Ansicht die Sache politisch, eine Tempel- und Reichsangelegenheit, denn in der Weigerung dieses Rotzbuben (verzeih', du liebst ihn, aber ich nenne ihn so aus ehrlichem Zorn, nicht, um dich in deinen Gefühlen zu kränken) – in seiner Sperrigkeit, dir den Tribut seiner Jugend zu zahlen, liegt ohne Zweifel eine geradezu reichsgefährdende Unbotmäßigkeit, die auf dasselbe hinausläuft, als wollte irgendein Stadt-Baal von Retenu oder Fenechierland sich wider Amun setzen und ihm die schuldige Abgabe verweigern, wogegen selbstverständlich sofort ein Strafzug müßte ausgerüstet werden, selbst wenn seine Kosten den Wert des Tributs überträfen, zur Wahrung von Amuns Ehre. In diesem Licht, meine Liebe, sehe ich deinen Kummer, und kaum nach Hause zurückgekehrt, werde ich mit meinem Gemahl, dem Vorsteher der Priester sämtlicher Götter von Ober- und Unterägypten, den krassen Fall dieses kenanitischen Aufruhrs besprechen und ihn befragen, welche Maßnahmen er für geeignet hält, der Unordnung zu steuern.«

Mit diesem Ergebnis löste, unter stärkstem Geplapper, die so berühmt gewordene und hier endlich nach ihrem wahren und wirklichen Verlauf erzählte Damengesellschaft sich auf, durch welche es Mut-em-enet hauptsächlich fertig brachte, ihre unselige Leidenschaft zum Stadtgespräch zu machen: ein Gelingen, über das sie sich zwischendurch, in lichteren Augenblicken, wohl plötzlich entsetzte, worin sie aber auch wieder, vermöge zunehmender Ausartung, ein trunkenes Genüge fand; denn die meisten Verliebten würden nicht glauben, daß ihrem Gefühl genügend Ehre geschähe, wenn nicht alle Welt, sei es auch selbst unter Spott und Hohn, sich damit beschäftigte: es muß an die große Glocke gehängt sein. Auch machten die Freundinnen ihr nun öfters Krankenvisiten, einzeln oder zu wenigen, um sich nach dem Stand ihres Kummers zu erkundigen, sie zu trösten und ihr Ratschläge zu geben, welche aber an den tatsächlichen, so ganz besonderen Umständen töricht vorbeigingen, so daß die Leidende nur die Achseln zu zucken und zu entgegnen vermochte: »Ach, Kinder, ihr plappert und ratet und versteht überhaupt nichts von diesem Sonderfall«, – worüber Wêse's Damen sich nun wieder erbosten und untereinander sprachen: »Wenn sie meint, die Sache sei uns zu hoch, und sei etwas ganz Besonderes damit, das sich unserm Rate entzieht, so soll sie den Mund halten und uns nicht befassen mit ihrer Affäre!«

Wer aber sonst noch persönlich kam und sich zwischen Vorhut und Nachhut herantragen ließ nach Potiphars Frauenhaus, das war der große Beknechons, Amuns Erster, den seine Frau von dieser Geschichte in Kenntnis gesetzt, und der nicht gewillt war, sie auf die leichte Achsel zu nehmen, vielmehr entschlossen, sie im Lichte der größeren Interessen zu sehen. Der gewaltige Blankschädel und Gottesstaatsmann in seinem angemaßten Leopardenfell erklärte der Mut, indem er aus den Rippen emporgereckt und mit erhobenem Kinn mit langen Schritten vor ihrem Löwenstuhl hin und her stapfte: Jeder persönliche und bloß moralische Gesichtspunkt habe auszuscheiden bei der Beurteilung dieses Vorkommnisses, welches im Sinne der Sittenregel und der gesellschaftlichen Ordnung freilich zu beklagen sei, aber, einmal eingetreten, nach bedeutenderer Maßgabe zu Ende geführt werden müsse. Als Priester, Seelsorger und Wächter frommer Zucht, nicht zuletzt auch als Freund und höfischer Standesgenosse des guten Petepré müsse er das Augenmerk tadeln, das Mut diesem Jüngling widme, und den Wünschen entgegen sein, die er ihr errege. Die Widerspenstigkeit aber im Verhalten des Ausländers dazu, seine Weigerung, den Tribut zu entrichten, seien für den Tempel untragbar, welcher darauf dringen müsse, daß die Sache schnellstens zu Amuns Ehre bereinigt werde. Darum müsse er, Beknechons, ganz ohne Rücksicht auf das persönlich Wünschbare oder Verdammenswerte, Mut, seine Tochter, ermahnen und es ihr gebieterisch abverlangen, daß sie alles, auch das Äußerste, aufbiete, den Störrigen zur Unterwerfung zu bringen, – nicht um ihrer Genugtuung willen, wenn auch eine solche – ohne seine Billigung – für sie dabei abfalle, sondern zu der des Tempels; und nötigenfalls sei der Säumige auf dem Wege zwanglicher Vorführung zur Willfährigkeit anzuhalten.

Daß der Mut diese geistliche Weisung und höhere Ermächtigung zum Fehltritt in der Seele wohltat, daß sie eine Stärkung ihrer Stellung gegenüber dem Geliebten darin zu erblicken vermochte, zeigt mit betrübender Deutlichkeit an, wohin es mit ihr gekommen war, – mit eben der Frau, die noch vor kurzem, in Übereinstimmung mit ihrer Gesittungsstufe, ihr Glück und Wehe abhängig gemacht hatte von der Freiheit seiner lebendigen Seele, und deren Gefühl vor Ratlosigkeit nun schon so tief gesunken war, daß sie an dem Gedanken tempelpolizeilicher Vorführung des heiß Begehrten ein gewisses verzweifeltes und verzerrtes Gefallen fand. Ja, sie war reif, mit Tabubu zu zaubern.

Aber auch dem Joseph blieb die Stellungnahme des Amuntempels in dieser Sache nicht unbekannt; denn keine Falte und Spalte war seinem getreuen Bes-em-hebchen zu schmal gewesen, daß es nicht darin hätte unterkommen mögen, um heimlich dem Besuch des großen Beknechons bei Mut-em-enet anzuwohnen und abzuhören mit zwergenfeinem Ohre, was er ihr vorschrieb, damit er es dem Schützling brühwarm hinterbrächte. Der hörte es und fand sich außerordentlich dadurch in seiner Ansicht bestärkt, daß dies eine Sache und Kraftprobe sei zwischen Amuns Großmacht und Gott dem Herrn, und daß auf keinen Fall und um keinen Preis, wie wenig auch immer diese Notwendigkeit übereinstimmen mochte mit Adams Begehren, der Herr, sein Gott, den Kürzeren dabei ziehen dürfe.